मदहोश ख़याल

मदहोश दानापुरी

क्रम-सूची

भूमिका

बिहार के एक छोटे से गाँव 'हकाम', जिला- गोपालगंज से सुरेश कुमार शर्मा उर्फ़ "मदहोश दानापुरी" की जीवंत कहानियाँ, जिन्हें पढ़कर हम उसी वृतांत में मंत्र मुग्ध हो जाते हैं और कल्पना की उड़ान शब्दों के सहारे मन की छवि में उभरती जाती हैं!

इस विधा में इनकी भाषा और शैली दोनों ही अलग-अलग रुपों में हैं| कथाएँ अति रोचक और कथानक भी रोचक हैं!

इनकी सभी कहानियाँ इनके द्वारा स्वयं लिखी गई और संग्रह का नाम दिया गया - "मदहोश ख़याल"

लेखक

सुरेश कुमार शर्मा
सेवानिवृत अधिकारी
बिहार प्रशासनिक सेवा

1

होली में गांव की यात्रा (एक हकीकत की रोचक अनुभूति)

वर्ष 96, होली का समय था। विक्रम (पटना) में अंचलअधिकारी के पद पर पदस्थापित था। देर से छुट्टी मिली इसलिए एक दिन पहले घर के लिए विक्रम से जीप द्वारा हार्डिंग पार्क पहुंचा। ड्राइवर को भी घर जाना था इसलिए उसे तुरंत वापस भेज दिया। उस समय छपरा, सीवान, गोपालगंज जानेवाली बसें बस स्टैंड के पश्चिमी छोर अर्थात आर ब्लाक के करीब होता था। स्टैंड में दूर से ही एकमात्र खड़ी और खाली बस दिखाई दिया, मन प्रसन्न हुआ कि अब सीट मिल हीं जाएगी। जीप से सामान उतारा जा चुका था। बस के निकट पहुंचा तो देखा कि बस का पिछला दरवाजा बंद है और अगले दरवाजे पर लूंगी गंजी में और मुड़ी में लाल गमछी बांधे मुंह लाल हरा, नीला पोता हुआ रंग जो पोछने से कहीं कहीं उखड़ गया था, एक मुस्तंड व्यक्ति दरवाजे पर एक तरफ पीठ ओठगाए हुए एक पैर को दरवाजे के दूसरे तरफ उठाकर सटाए हुए एक कृत्रिम फाटक बनाए हुए खड़ा है ताकि कोई स्वेच्छा से खाली बस के अंदर नहीं घुस पाए और एक अठ्ठारह उन्नीस बरस का खलासी मैले पैजामा कुर्ता रंग लगा हुआ, मुंह में रंग पोता हुआ, कनपटी पर गमछा बांधे जिसमें उपर का उलझा हुआ बाल स्पष्ट दिखाई देते हुए जिसमें अबीर का कुछ अंश विधमान था और मुंह में पान चबाते हुए घूम-घूमकर खुले आम अपनी फटी और ऊंची आबाज में लगातार उद्घोषणा की बोली लगा रहा था,

ऐ छपरा छतपर, सीवान नीचे! आइए! आइए! अब खुल रहा है वीडियो चालु है! ऐ छपरा छत पर सीवान नीचे आईए! आईए! अब खुल रहा है वीडियो चालु है!

माँ, हम, पत्नी और बच्चे साथ में थे। मैं गेट पर जाकर बस में घुसना चाह रहा था तो सवालिया लहजे में गेट पर खड़े मुस्तंडे ने पूछा कहाँ जाए के बाऽ?

मैंने कहा कि छपरा।

छत की तरफ़ इशारा करते हुए छतपर चढऽल जाऽव आराम से। नीचे खाली सीवान के पसिंजर बैईठी। बस सीवान जाना था इसलिए छपरा से बस खाली सीवान नहीं ले जाना पड़े और पर्व के भीड़ को ध्यान में रखकर शायद ऐसी व्यवस्था बस के स्टाफ ने बना रखी थी क्योंकि पटना से पहले छपरा पहुचकर तब सीवान जाना होता है। व्यवसाय में ऐसी सोच रहतीं हीं है तभी तो ब्लैक मार्केटिंग होती है।

मैंने कहा कि भाडा सीवान का ही ले लीजिएगा, साथ में जनानी भी है कैसे बस के छतपर पर चढ़ेगी।

ऊ ना होई। मालिक के हुकूम बाऽ। चले के बा त छतपर चढऽल जाव ना त बाद में फेर दोसर बस धरे के परी। अब कौनो दोसर बसो नईखे, निमन से बूझ लियाव।

खलासी की उन्मुक्त और निर्भीक उद्घोषणा का अक्षरशः पालन करते हुए कुछ लोग छतपर चढ़ भी रहे थे। हम बात बढाना उचित भी और संभव भी नहीं समझे। जहां तक़रार में पराजय अवश्यंभावी हो वहां शांति से ही रहने की नीति अच्छी होती है चाणक्य भी यह बात जरूर कभी न कभी कहे हीं होंगे। मैं वहां से अलग हट गया और हमलोग निराश होकर आपस में बातें कर रहे थे। माँ ने कहा, बबुआ हम त छतपर चढ़ जाएब बाकिर दुल्हिन ना चढ़ पईहें, बड़ा खांचडा बाडेसन। गंवई परिवेश के पुरुष महिला के लिए यह कोई असंभव नहीं है लेकिन दुल्हिन खांटी पटनहिया वह भी एक्जीबिशन रोड की इनको कहां दम कि बस के छतपर चढ़ जांय। मैंने कहा कि अच्छा कोई उपाय करते हैं।

उस समय बस स्टैंड के लिए पुलिस की एक टुकड़ी आर ब्लौक पर टेंट/राउटी में रहती थी मैं वहां गया और अपना परिचय दिया तो एक हवलदार जो कहीं ड्यूटी से आकर अपना वर्दी का पैंट आधा निकाले थे, उन्होंने अपना पैंट तुरंत पुनः पहन लिया और अपने जिप्सी से स्टैंड चलने के लिए तैयार हो गए। असल में असैनिक सेवा वाले से पुलिस का भईयारी चलता है। सिर्फ असैनिक सेवा वाले पर कोई अपराधिक मुकदमा हो जाने पर गह भईयारी का रिश्ता, मौलवी-मुल्हा के रिश्ते में तब्दील हो जाता है, और ऐसा होना दायित्व के तहत लाजिमी भी है।

हमलोग स्टैंड पहुंचे तबतक पुलिस की भनक मिलते ही, चालक, कंडक्टर, खलासी वहां से खिसक गए। जमादार साहब ने सवालिया लहजे में अपने लाठी की

नोक को बस पर ठोंकते हुए कहा-कहां गया सब रे? और हमलोगों को अंदर बैठा दिया। माँ के चेहरे पर, एक बेटा के अफसर होने का गुमान स्पष्ट झलक गया था और वह बुदबुदाई भी। अभी बुझलख ना ह लोग कि केकरा से भेंट भईल बाs।

हम धीरे से बोले-चुपचाप बईठs, बाऊर बात ना कहल जाला।

तबतक हवलदार साहब के पीछे उहे गेटपर वाला लूंगी कुर्ता माथा में गमछी बांधे हुए जो शायद कंडक्टर या सिनियर खलासी रहा होगा, आया और बोला प्रणाम हुजूर, पहिले ही नू बता देती तs ना बईठईती त नू हमार दोष कहाईत।

भाव में उदंडता विनम्रता में तब्दील हो चुका था।

हवलदार साहब के साथ मैं भी नीचे उतरा उनका शुक्रिया अदा किया।

प्रणाम सर, अब कोई दिक्कत नहीं होगी आराम से जाईए सब बोल दिये हैं। हवलदार साहब ने कहा और जिप्सी से निकल गए। मैं आकर बस में बैठ गया, बस खुल गई, पैसेंजर से खचा खच भीतर, गेटपर और छतपर भी।

बस का कंडक्टर टिकट क पैसा लोगों से लेते हुए हमसबों को छोड़कर जब पीछे बढ़ गया तो मैंने पीछे मुड़कर देखा, वही लूंगी कुर्ता माथा में गमछी बांधे व्यक्ति फिर। मैंने कहा कि हमलोगों का भाड़ा लेना भूल गए हैं आप।

कंडक्टर ने मुस्कुराते हुए कहा कि हमनियों के भी एगो सेवा करके मौका दिआव, हजूर। हवलदार साहब सब बता देले बानी।

मैंने जबरदस्ती मसुल दे दिया। तो कंडक्टर बोला-

लमहर लोग अईसही नानू होखेला। रूआ आखिर जबरदस्ती मसुल देईए देहनी। सबलोग एगंन ना करेला, बहुत लोग वर्दीए पर काम चला लेला।

हंसते हुए मसुल पाकिट में रखते हुए कंडक्टर आगे बढ़ गया।

ढाई घंटा बाद छपरा पहुंच गए। फिर मसरखिया ट्रेन से दिघवा दुबौली, वहां से मुलकी मियां काका के सगड़ (टमटम) से अपना गांव हकाम में आगमन हुआ। एक यात्रा और अपने जन्मभूमि पहुंचने का सुखद एहसास हुआ।

सूरत स्टेशन पर बिहारियो के छठ पर्व के मौके पर दर्दनाक रेल यात्रा के अफरा तफरी का सूरत ए हाल को देखकर मेरे अचेतन मन में गड़ी हुई यात्रा की व्यथा/या कथा स्वतः अक्षरों/वाक्यों में उभर गईं, सोचा आप सबों को साझा करूँ।

छठ पर्व की हार्दिक शुभकामनाओं के साथ।

2

एक्सिडेंट के गुनाह का कबूलनामा

10 सितम्बर 22, संध्या चार बजे के लगभग का वक्त, अपनी मारूती अल्टो से खुद ड्राइव करते हुए अशोक राजपथ पर जिलाधिकारी पटना के आवास के निकट यू टर्न लेने के क्रम में सटीक अनुमान का विफल होना और सड़क के फूटपाथ के सटे लगी हुई एक पुरानी मोपेड के नंबर प्लेट से मेरी गाड़ी का स्पर्श होना, स्कूटी स्टैंड से असंतुलित होकर धीरे से जमीन पर लेट गया जैसे कोई व्यक्ति सावधानी और स्वेच्छा से लेट जाता है। गाड़ी तो धीरे ही थी मगर स्कूटी से बड़ी तो अल्टो होती ही है। शहरों में ऐसे भी हर जगह निरुद्देश्य विचरण करने वाले या कहीं एकत्र होकर निरर्थक बातों में तन्मयतापूर्वक तल्लीन लोग न मिलें ऐसा असंभव है।

दो चार व्यक्ति अपनी तन्मयता से उबर कर अब इस लघु दुर्घटना नहीं बल्कि मात्र वाहनों के स्पर्श को गंभीर दुर्घटना की दृष्टि से देखने लगे। मैं अपनी गाड़ी थोड़ा आगे बढाकर किनारे लगाकर उतर गया। तबतक स्कूटी के ऑनर जो दरगाह के खिदमतगार खादिम, दरगाह के भीतर से इस घटना की सूचना पाकर बाहर निकले, सर पर गोल टोपी जिसे हम एक महीने पहले का धुला हुआ मान सकते हैं, मुगलिया दाढ़ी, आंखों में सुरमा के जैसी कालिमा, अपनी स्कूटी को उठाते हुए मेरी तरफ देखकर फरमाया, क्या गाड़ी ऐसे ही चलाई जाती है?

मैंने कहा सॉरी, कुछ नुकसान भी हुआ है क्या?

खादिम साहब ने अपनी गाड़ी में कई सामान के क्षतिग्रस्त होने की बात बताई, हेड लाईट में स्क्रेच, दाहिने तरफ के हैंडल में लगा ब्रेक का लीवर जिसकी फुनंगी पर थोड़ा सा भाग टूटा था। मैंने भी उनके क्लेम का अवलोकन किया और पूछा कि

बनाने में कितना खर्च लगेगा बताईए।

उन्होंने फरमाया कि पंद्रह सौ का हेडलाईट, लीवर का अब जो दाम हो। मैंने कहा कि भाई हेड लाईट तो जमीन से टकराया भी नहीं और जो स्क्रैच है वह तो काफ़ी पुराना है। उपस्थित लोगों को भी हेड लाईट पर स्क्रैच का इल्जाम जचा नहीं, यह बात तो मेरे समझ में आ ही गई थी लेकिन खादिम साहब को भी यह बात समझ में आ चुकी थी। मैंने पांच सौ का नोट निकाला और कहा कि लीवर बदलवा लीजिएगा। ख़ादिम का ईमान शायद अनेकों चश्मदीद के सामने पांच सौ रूपये लेने से इंकार कर गया और उन्होंने कहा कि देखिए हम एक रहमदिल इंसान हैं इसलिए हम रूपया लेकर गुनाह नहीं कर सकते। जाईए, हम अपनी स्कूटी ठीक करा लेंगे।मैंने भी कहा कि भाई गुनाह छोटा हो या बड़ा हम से भी तो हुआ ही है न इसलिए मेरे इस स्वेच्छा से दान कहिए या हर्जाना समझिए, आप इसको कबूल कर लें तो मुझे भी तसल्ली होगी। मुझे भी पांच सौ रूपये का नोट वापस जेब में रखने में लज्जा महसूस होने लगी थी और ख़ादिम को भी एक छोटी सी क्षति के लिए पांच सौ रूपये का नोट लेने में उनका ज़मीर जबाब देने लगा था। विचित्र स्थिति हो गई थी कि देनेवाला भी संकोच में फंसा हुआ है और लेनेवाला भी द्विविधा में। नोट, नोट होता है इसके आकर्षण से आजतक कोई अपकर्षित नहीं हो पाया है। मुद्रा अगर भगवान नहीं है तो यह भगवान से कम भी नहीं कहा जा सकता। ख़ादिम साहब के मुखाकृति एवं भाव से मुझे ऐसा लग रहा था कि वो यह रूपया नहीं हीं लेंगे ऐसा उनका मन अभी संपूर्णता में निर्णय नहीं ले पाया है फिर भी उनके अड़ियल रूख को देखकर मेरा मन अब तैयार हो रहा था कि मैं पांच सौ रूपये का नोट अपने जेब में वापस रख लूं। इस बात को ख़ादिम साहब भी भांप गए। उन्होंने तुरंत अपने प्रत्युत्पन्नमतित्व (प्रेजेंस ऑफ माइंड) का कारगर अनुप्रयोग किया और झट से बोले-आप भी एक नेक दिल इंसान मालुम होते हैं इसलिए आप मेरे साथ दरगाह के अंदर चलिए और अपना गुनाह पीर बाबा के सामने कबूल करिए और यह रूपया मुझे नहीं बाबा के खिदमत में चढ़ा दीजिए। मैंने पांच सौ रूपये के नोट को अपनी जेब में रखने के ऐन मौके से पहले ही पुनः वापस बाहर कर लिया और ख़ादिम साहब के साथ दरगाह के कमरे में दाखिल हुआ, अंदर लगभग दस पंद्रह औरतें जिसमें हिंदू और मुस्लिम दोनों थीं, कब्र के सामने ध्यान लगाए बैठीं थीं, पुरुष की संख्या अंदर में काफी कम थी। मज़ार पर मत्था टेकने का खादिम साहब का हुक्म हुआ और मैंने मत्था जैसे ही टेका कि ख़ादिम साहब ने हुक्म के लहजे में ही सलाह दिया कि अब जो बाबा के खिदमत में पेश करना चाहते हैं उसे पीर बाबा के मज़ार पर रख दीजिए। मैंने पांच सौ रूपये का नोट मज़ार के चादर पर

रख दिया और ख़ादिम साहब ने तत्क्षण नोट को उठाकर, आंख बंदकर, ललाट में सटाया और कुछ बुद बुदाया और फिर अपने जेब में इत्मीनान और सुकून के साथ रख लिया।

इस प्रकार एक्सीडेंट के गुनाह का कबुलनामा मुकम्मल हुआ।

खादिम साहब मुझे गाड़ी तक छोड़ने आए।

दोआ सलाम हुआ। मैं अपने घर को प्रस्थान किया।

खादिम साहब ने कहा आते रहिएगा बहुत जागता पीर बाबा हैं सबकी मुराद पूरी करते हैं। ऐसे भी आज मेरी और ख़ादिम साहब दोनों की मुराद एक साथ ही पूरी हो चुकी थी। धक्का गाड़ी से गाड़ी को लगा, मुरादें वाहनों के मालिक की पूरी हुईं।

मुझे यह लगा कि धार्मिक स्थलों पर रहने वाले करपरदाज/इंतजामिया के लोगों में वक्त की नज़ाकत को महसूस करने का बेइंतिहा हुनर होता है। मुझे ख़ादिम साहब की दरियादिली बहुत पसंद आई थी।

एक दो दिन के बाद उधर गया तो मन किया कि ख़ादिम साहब से मिल लिया जाय।

मैं गाड़ी रोककर अंदर गया, देखा कि वह आए लोगों से मुखातिब हो रहे थे, मुझपर जैसे ही नज़र पड़ी उन्होंने तुरंत पहचान लिया और छूटते ही कहा - (एक जलते दीपक की तरफ इशारा करके) उसी दिन से आपके नाम से मज़ार पर दिया जला दिए हैं।

मैंने कहा कि गुजर रहे थे तो सोचा कि आप से मिल लूं। आज मैंने अपना परिचय भी बताया और उन्होंने भी अपना नाम बताया और मेरा फोन नंबर लिया और वादा किया कि अगले उर्स में हम आपको याद करेंगे और जो चादर चढेगा वो आपके हाथों से होगा।

मैंने भी उनके इस प्रस्ताव को कबूल कर लिया और हाज़िर होने की तमन्ना का इजहार कर दिया।

अगले उर्स के इंतजार में...

3

जन्मभूमि और परदेशी

गांव के सीमा पर पहुँचते ही एक सुगठित आकृति मुस्कुराते हुए मेरे समक्ष उपस्थित हुआ और एक स्वागत के मुद्रा में दोनों हाथ जोड़कर कहा -- आओ अभ्यागत, इस धरती पर तुम्हारे आगमन का मैं स्वागत करता हूँ।

मैंने पूछा आप कौन है?

आकृति ने हंसते हुए कहा-अभ्यागत, तूने मुझे शायद नहीं पहचाना लेकिन मैं तूझे पहचानता हूँ। खैर! मेरा नाम ग्रामदेव है मैं तेरा गांव हूँ। जो भी ग्रामवासी परदेश से अपने गांव में दाखिल होता है तो मैं उसका अभिनंदन करने के लिए सीमा पर खड़ा रहता हूँ और मैं अपने को धन्य समझता हूँ कि कोई मेरा ग्रामवासी आज इस धरती पर अपने पांव रखा है।

मैंने भी नतमस्तक होकर ग्रामदेव को नमस्कार किया और प्रसन्नतापूर्वक अपनी अद्धीगिनी और बच्चों का परिचय करवाया। ग्रामदेव ने अनेकों आशीष दिये और कहा कि श्रीमन आपका जन्म इस स्थान पर हुआ है इसलिए मैं आपको भूल नहीं सकता परंतु यह बहू और बच्चे मेरे लिए अपरिचित हैं। तुम्हारी शादी यहाँ हुई रहती, बच्चे यहाँ जन्म लिए रहते तो मैं भी इन्हें तुरंत पहचान लेता।

ग्रामदेव-चलो, अभ्यागत मैं उन सभी, सरोवर, वटवृक्ष, गृह सबसे तुम्हें मिलवाता हूँ। सब तुम्हारा वर्षों से इंतजार कर रहे हैं। देखकर बहुत प्रसन्न होंगे।

ग्रामदेव ने साथ लेकर ग्रामसरोवर का आवाहन किया।

मुस्कुराते हुए ग्रामसरोवर प्रणाम की मुद्रा में उपस्थित हुए और उन्होंने अनुग्रह किया, आना मेरे निर्मल जल में बहू बच्चों को लेकर तुम्हारी तरह उन्हें भी तैरना सीखा दूंगा। वह मेरे अंदर आकर जलक्रीणा करेंगे तो मुझे अत्यंत प्रसन्नता होगी। तुम भी अपने अतीत का अनुभव कर पावोगे। ग्रामसरोवर के अनुग्रह को स्वीकार

कर मैं ग्राम देव के साथ वट-वृक्ष के समक्ष उपस्थित हुआ।

वट-वृक्ष ने भी मेरा विनम्र स्वागत किया, मैंने भी सपरिवार शीस झुका कर वंदन किया।

वट-वृक्ष ने कहा-देखो अभ्यागत तुने मेरे शरीर पर चढ़ चढ़कर कितना आनंद लिया है, मेरी छाया में अपने दोस्तों के साथ खेला है।देखो, पहले से आज मैंने यह सोचकर अपनी डालियों, सहायक जड़ो काअधिक विस्तार कर लिया है ताकि तुम्हारे बच्चे इसपर आकर चिड़ियों का घोंसला, गिलहरियों के कोटर, भिन्न भिन्न पक्षियों के दर्शन करेंगे, डालियों पर झूला झूलेंगें और मेरे इस विशाल शरीर को सार्थकता प्रदान करेंगे, लेकिन शायद तुम हमें भूल गए हो।

मैंने कहा - नहीं! नहीं! मुझे सबकुछ याद आ रहा है। मैं बचपन को अच्छी तरह महसूस कर रहा हूँ। आप धन्य हैं। आपको मेरा सबकुछ याद है। मैं यात्रा की थकान से निवृत्त होकर सपरिवार आपके जड़ के निकट बनी मिट्टी की देवाकृति पर पुष्प, प्रसाद अर्पित करूंगा।

यह कहकर मैं अपने गृह के समक्ष उपस्थित हुआ, ऐसा लगा कि मेरा गृह दोनों हाथ जोड़कर मेरा अभिवादन करने की प्रतीक्षा में खड़ा होकर अत्यंत प्रसन्न है।

आओ अभ्यागत इस जीर्ण शीर्ण गृह में तुम्हारा स्वागत है। मैं वर्षों से तुम्हारी प्रतीक्षा कर रहा था। मुझे याद है जब तुम पहली बार परदेश में नौकरी के लिए निकले थे मैं बहुत प्रसन्न और विरह से भावुक हुआ था। सोचा था कि अब तुम धन अर्जित कर घर आवोगे और मेरा परिसंस्कार करोगे और मैं पुनः सज-धज कर गौरवान्वित होउंगा, लेकिन ऐसा न हो सका। समय और अवस्था कौन सा मोड़ लेगी इसका अनुमान करना अत्यंत दुष्कर है। देखो, मेरे मूडेर पर पीपल और वट-वृक्ष ने अपने को प्रस्फुटित और विकसित कर लिया है। इसकी जड़ें मेरे दीवार रूपी शरीर में प्रवेश कर अपना वर्धन कर रहीं हैं। मैं निरंतर कमजोर और असहाय हो रहा हूँ।घर की चहकती लड़कियां व्याही गईं उससे मेरे अंदर सुनापन आया, पुरुष जीविका की तलाश में परदेशी हो गए। घर के वृद्धजन स्वर्ग सिधार गए। घर के आंगन ओसारे की चहकती गौरेये भी एकांत बर्दाश्त नहीं कर सकीं, कहीं अन्यत्र ठीकाना बना लिया और मैं एक चमन था धीरे-धीरे वीरान हो गया। आज तुम्हें देखकर कुछ हद तक गुलज़ार हो रहा हूँ।

मैंने पूछा आप राभी मुझे "अभ्यागत" से क्यों संबोधित कर रहे हैं?

गृहदेव ने कहा - जो परदेश में घर बना-बसा लिया वह हमारी नज़र में परदेशी हो जाता है जिसे हम ग्रामीण नहीं बल्कि उसे अतिथि की नज़र से देखते हैं इसलिए हम तुम्हें अभ्यागत से संबोधित कर रहे हैं। मुझे छोड़कर, इस गांव की अगली

पीढ़ियाँ, बिना परिचय कराए तुम्हें पहचान नहीं पाएंगी। फलतः तुम अपने ही जन्मभूमि पर एक अपरिचित और अंजान व्यक्ति हो गए हो।

ग्रामदेव ने कहा-अच्छा, अब गृह के आगोश में विश्राम करो, मैं चलता हूँ फिर मिलूंगा तुम्हारे विदा होने के दिन और तुम्हें सपरिवार अपनी सीमा तक साथ लेकर तुम्हें अलविदा करूंगा।

जिस कमरे में मेरा जन्म हुआ था उसी जगह लगे पुराने तल्प (पलंग) जिसका पॉलिश उजड़ गया था अंदर की लकड़ी झांक रही थी। मुझे लग रहा था कि वह भी मुझसे कुछ शिकायत कर रहा हो। चाहकर भी सो न सका। बचपन की सभी यादें रात भर नज़र के सामने तैरने लगीं। लगा कि स्वर्गीय माता-पिता सभी पूर्वज उपस्थित होकर, मुझे वहां देखकर मुस्कुरा रहे हैं और मुझे आशीर्वाद दे रहे हैं।

पत्नी और बच्चों ने पूछा, तुम सोये नहीं?

मैंने जबाब दिया, आज मुझे रातभर जागना पता नहीं क्यूँ अच्छा लग रहा है।

सुबह होते ही, बगल के पड़ोसी चाचा आकर बोले, तुमसब का खाने पीने का इंतजाम मेरे यहाँ है जबतक तुम यहाँ हो। क्योंकि तुम तो हमसबों के लिए एक अतिथि हो गए हो पता नहीं फिर कब गांव आवोगे। तुम्हारा यहाँ दो चार दिनों के प्रवास में अपने से खाद्य सामग्री इकट्ठा करना खाना बनाकर खाना हमारे लिए आत्म गौरव की बात नहीं होगी बल्कि यह मेरी कर्तव्य विमूढता होगी।

मेरी आंखें डबडबा गईं। मुझे गांव और परदेश का स्पष्ट अंतर समझ में आ गया था। पचास वर्षों के बाद भी कोई अपना समझ रहा है ऐसा परदेश में संभव नहीं। मुझे लगा कि सही में मैं गांव का अतिथि हो गया हूँ।

दो दिन बाद...

ग्रामदेव मुझे गांव से विदा लेते समय पुनः उपस्थित हुए, उनके साथ मैं गांव से बाहर निकल रहा था।

ग्रामदेव-देखो अभ्यागत,

शहरों की सभी रौनक हम हीं से है, अन्न, सब्जियां, फल, दुध इत्यादि सभी खाद्य पदार्थ, फर्नीचर की लकड़ियाँ पढ़ने लिखने के लिए किताबों के लिए कागज निर्माण की सामग्री इत्यादि, तुम्हारे सभी सुविधाप्रदाता, नौकर चाकर, मेड, मजदूर, गाड़ी रिक्शा चालक, सफाई कर्मी अर्थात सभी सुविधाएं गांवों से ही मिलती हैं। आज हम न रहें तो शहर अपने आप मर जाएंगे। मैं अपनी बड़ाई नहीं करता बल्कि यही यथार्थ है।

बातचीत करते करते मैं गांव की सीमा पर आ गया।

ग्रामदेव ने कहा देखो अभ्यागत, तुमलोग जन्म लोगे, बूढ़े होगे, अब मैं समय के साथ जवान होता जाउँगा, देखो, गांव में अब फूस मिट्टी के घर लगभग समाप्त हो गए, सडके पक्की हो गई, बिजली की रोशनी से गांवआलोकित हो रहा है, स्वच्छ जल और हवा है, हरे भरे खेत खलिहान, बगीचे हैं प्राकृतिक सौंदर्य है। क्या यह तुम्हें आकर्षित नहीं करता? ठीक से सोचना।

इससे पहले कि तुम्हें शुभविदा या अलविदा कहूँ एक बात बता देना चाहता हूँ जिसे तुम समझने की कोशिश करना--

जिस मिट्टी पर तुम्हारे पूर्वज जन्म लिए हों मरे हों, जहाँ दादी, परदादी, माँ, चाची, भाभी दुल्हिन बनकर उतरीं हों और संतानवती हुईं हों, तुम जन्म लिए हो, जिस मिट्टी में पले बढ़े, शिक्षित हुए हो, उस मिट्टी पर भले ही न रह सको लेकिन उस मिट्टी का अपने दर्शन करने और अपने बच्चों को कराने के लिए अवश्य समय निकालना क्योंकि तुम्हारी जड़ें यहीं की मिट्टी में हैं।

अच्छा, अभ्यागत अब मैं तुम्हें अलविदा कहता हूँ तुम्हारे सुखमय जीवन की कामना करता हूँ और आशा करता हूं कि तुम फिर आवोगे और मैं तुम्हें हर बार सीमा पर खड़ा तुम्हारा स्वागत भी करूंगा और जाते वक्त अलविदा भी करूंगा।

"अलविदा अभ्यागत"

ग्रामदेव प्रस्थित हुए।

अचानक मेरी नींद खुल गयी मै सहसा उठकर बैठ गया हूँ यह तय नहीं कर पा रहा हूँ कि यह स्वप्न मुझे लज्जित कर रहा है या आनंदित या फिर दोनों का मिश्रित अनुभव करा रहा है। मस्तिष्क में कौंध रहा है गांव के विधामंदिर की दीवार पर लिखा श्लोक "जननी जन्म भूमिश्च स्वर्गादपि चिर गरीयसी"

4

महाभारत और आपदा

राजकीय अवकाश का दिन, ड्राइंग रूम का दृश्य, सुबह के जलपान के बाद सभी पात्रआराम की मुद्रा में विराजमान हैं।

राजमाता गांधारी और राजकुमार दुर्योधन के बीच किसी बात को लेकर मधुर संवाद प्रारंभ हुआ। संवाद, धीरे-धीरे विवाद का स्वरूप लेने लगा। विचार भिन्नता उग्र रूप धारण करते जा रहा है। दोनों पात्र अपने अपने पक्ष को एक दूसरे के समक्ष रख रहे है, कोई किसी से सहमत नहीं हो रहा है। दोनों तरफ से संवाद प्रेषण में क्रोध, उत्तेजना, आरोप प्रत्यारोप का दौर चल रहा है। ध्वनि की तीव्रता धीरे-धीरे उच्चता को प्राप्त हो रही है परस्पर भविष्य में नहीं बात करने के लिए क़समें खाए जा रहे हैं। दोनों पक्षों की नजरें बारी - बारी से मेरी तरफ देखकर एक स्नेह निमंत्रण दे रही है और अपेक्षा कर रही है कि कम से कम मेरे - मेरी तरफ होकर तो इस वाक्य युद्ध में कूदकर सत्य/न्याय की तरफदारी/रक्षा करो।

परंतु ऐसा नहीं हो सका और मैं अंतर्मुखी रूप से उसी प्रकार आत्ममुग्ध हो रहा हूँ जैसे एक ही गुट के दो घटकों को परस्पर उलझने पर किसी दूसरे गुट को भी हुआ करती है। तीव्र वाक्य ध्वनि का प्रसारण पडोसियों तक पहुँचे इसके लिए मैंने कमरे का दरवाजा खोला, ध्वनि की तीव्रता अचानक अपने न्यूनतम डेसीबेल पर आ गई। आखिर, संस्कार और लाज हया भी तो कोई चीज़ है। माहौल नियंत्रण में आ गया परंतु आंतरिक वेदना अभी भी पीछा नहीं छोड़ सकी थी।

मैंने सोचा, दोनों ही पक्ष क़ानूनी रूप से बालिग़ हैं इसलिए वे अपना निर्णय लेने के हकदार हो चुके हैं इसमें मेरी दखलअंदाजी उचित नहीं।

संसार के निर्गुट राष्ट्रों का आचरण अचानक दिमाग़ में कौंध गया था और मैंने तत्क्षण महाराज धृतराष्ट्र का रूप धारण कर लिया था।

दोनों पक्षों का ड्राइंग रूम से बहिर्गमन हो चुका था।

दो घंटे बाद

सोचा कि चलकर पोस्ट - वार के प्रभाव का मूल्यांकन करूँ तो जाकर देखता हूँ बेड रूम में पलंग पर लेटकर, एक ही गुट के दोनों घटक परस्पर आमने सामने मुंह करके बड़ी आत्मीयता से धीमे स्वर में किसी व्यक्ति की गुटरू गूं चर्चा कर रहे हैं जो मेरे वहां अचानक उपस्थित होते ही वार्ता मौनरूप में परिवर्तित हो गया।

मैं, वातावरण शांत, देखकर बाहर आ गया और मुझे ऐसा लगा कि दोनों गुट पुनः एक हो गए हैं और इस बात पर सहमत हो चुके हैं कि सही में वे राजमाता गांधारी और राजकुमार दुर्योधन हों या न हों लेकिन मैं महाराज धृतराष्ट्र अवश्य हो चुका हूँ।

5

वृक्ष की आत्मकथा

मैं पेड़ हूँ। चलायमान नहीं हूँ, हरदम एक जगह खड़ा रहता हूँ। सृजनकर्ता ने मुझे पृथ्वी पर भेजने के पहले कहा था कि तुम पृथ्वी लोक में जाओ और वहां चलायमान जंतुओं को जीवित रहने के लिए अनुकूल वातावरण तैयार करो। तुम्हें वहां सिर्फ तीन सुविधाएं मिलेंगी मिट्टी, जल और हवा। अपना भोजन तुम्हें स्वयं बनाना होगा, तुम्हें किसी अन्य जंतुओं पर आश्रित नहीं रहना होगा बल्कि वे सभी चलायमान जंतु जिन्हें मैं बाद में भेजूंगा वह तुम पर आश्रित होंगे वे अपनी खाद्य सामग्री ,जीवन की अन्य आवश्यक चीजें जैसे प्राण वायु इत्यादि अपने नहीं बना पाएंगे। मैं यही सोच के तुम्हें चलायमान नहीं बना रहा हूँ ताकि भविष्य में तुम अपने दायित्वों से बचने के लिए भागकर कहीं छूप न जावो। इतना ही नहीं मैं यह भी सुनिश्चित करूंगा कि वे, तुम जहां होवोगे, वे भी उसी के आस पास रहेंगे।

तुम्हें उनकी हर आवश्यकताओं की पूर्ति करनी होगी। पर्यावरण को संतुलित और सुखमय बनाना तुम्हारा ही दायित्व होगा। वे तुम्हें हरदम छेड़ेगे पर परेशान मत होना क्योंकि उन्हें जीवित रखने का दायित्व तुम्हीं पर होगा।

इन सभी दिशानिर्देशों को प्राप्त कर मैं सबसे पहले धरती पर आया और चलायमान जीव जंतुओं के लिए एक अत्यंत ही मनोयोग से सुहावने वातावरण की व्यवस्था की। साथ - साथ उनके लिए प्राण वायु (ऑक्सीजन) भी वातावरण में बिखेरा।

बाद में सृजनकर्ता ने चलायमान जीव जंतुओं के साथ मनुष्यों को भी भेजा, मेरा अकेलापन दूर हुआ, मुझे कई साथी मिले। मुझे इन्हें देखकर काफी प्रसन्नता हुई थी। जब कोई मेरा फल खाता, कोई फूल खाता कोई मेरे पत्ते खाता, कभी मेरे छांव में विश्राम करता, कोई मेरी डालियों पर बैठता, अपना घोंसला बनाता, उसमें

अंडे देता फिर बच्चे बनते और फिर उड़ान भरते। सही मायने में मुझे पृथ्वीलोक में एक उत्कृष्ट जीवन साथी प्राप्त हुआ। उन जीवों में एक मनुष्य ही ऐसा निकला जिसने अपनी आवश्यकताओं का ऐसा गुणात्मक और संख्यात्मक विकास किया कि उसकी आवश्यकता की पूर्ति के लिए मुझपर कई गुणा अधिक दबाव पडने लगा। मेरी अंधाधुंध जड़ से कटाई प्रारंभ हुई। मैं भाग नहीं सकता था, मुझे डटे रहने का हुक्म था मैं उस दायित्व बंधन में बंधा हुआ रह कर झेलता रहा हूँ। आज मेरा संतुलन बिगड़ रहा है, मैं व्यथित हूँ।

मनुष्यों से मेरी प्रार्थना है कि तुम हमारी सहायता करों मैं तुम्हारी हर आवश्यकता को पूरा करने के लिए तैयार और तत्पर हूँ। मैं तुम्हारा सबसे अच्छा जीवन साथी हूँ इसको समझो।

तुम्हारी कृपा की मुझे सख्त आवश्यकता है, मेरी रक्षा करो। मेरे फल, फूल, पत्ते सब ले लो, टहनियाँ काट लो, इन सब चीजों को मैं अपने शरीर पर फिर विकसित कर लूंगा, फिर उन्हें भी तोड़ते रहना, काटते रहना। हम निरंतर तुम्हारी मदद करते रहेंगे। तुम हमसे औषधि, फूल फल, सुगंध, आकर्षक रंग बिरंगे पुष्प प्राप्त करो, हम अन्य जीवों के लिए भी आश्रय और भोजन के साथ साथ भरपुर स्वच्छ प्राण वायु और ईंधन के साथ साथ इमारती लकड़ियाँ देंगे। तुम भी जियो और मुझे भी जिने दो। मैं चल भाग नहीं सकता इसलिए तुम सिर्फ इतनी कृपा करो कि मुझे जड़ से मत काटो, मत काटो,मत काटो।

हां एक दिन मैं भी अपनी आयु पूर्ण कर सुखकर मर जाऊंगा फिर उस दिन तुम मुझे खुशी खुशी जड़ से काट लेना। मरकर भी मैं तुम्हारे घरों के खंभे, फर्नीचर इत्यादि बनकर तुम्हारे घर की शोभा और आराम का साधन बनकर तुम्हें देखता रहूँगा और प्रसन्न होता रहूँगा।

मैं पेड़ हूँ आज भी स्थिर खड़ा हूँ, जबतक श्रृष्टि रहेगी तबतक जीव जंतुओं की सेवा और आनंद के लिए खड़ा रहकर वंदन करता रहूंगा,

मुझे सिर्फ खड़ा रहने लायक छोड़ दे मानव जाति ।

साउथ बिहार एक्सप्रेस की खिड़की से घने और सुन्दर वनों को देखकर सोचा कि कल्पना की उड़ान भरूँ।

मेरी सुखद यात्रा की दुआ करें।

6

ईद की ईदी

जावेद ने अपनी माँ से पूछा-अम्मी, अबू का नाम शरीफ किसने रखा था?

नुसरत - यह सवाल क्यूँ?

जावेद - किसी तरह से अबू शरीफ दिखते थे तुम्हें।

जावेद की माँ नुसरत ने कहा, बेटा वह सही में शरीफ है।शराफत भी उसमें है।

जावेद ने आश्चर्य और आवेश में आकर कहा, भूल गई क्या? जब रोज शराब के नशे में अबूआकर तुम्हें पीटता था और तुम कैसे रोती थी। मुझसे बर्दाश्त नहीं हुआ तब न हम अबू से झगड़ा करके तुम्हें अच्छा खासा बसा घर छोड़कर अभी इस स्लम में रह रहे हैं। उस घर से यह स्लम कहीं ज्यादा अच्छा नहीं लगता तुम्हें ,कम से कम यहाँ दुख से ही सही शांति से तो हैं।

बेटा, मर्द जात जो अपनी बीवी को छोड़कर किसी भी दूसरी औरत पर बुरी नज़र रखता हो वह कभी शरीफ नहीं हो सकता, तुम्हारा अबू वैसा नहीं है। इसलिए मैं उसे आज भी शरीफ समझती हूँ और उसमें शराफत भी है मैं मानती हूँ।

तुम्हें इतना पीटता था फिर भी तुम उसे शरीफ मानती हो?

हाँ, जब-जब वह नशे में होता तभी ही मुझे पीटता था। जब भी होश में रहा, वह मुझे बहुत प्यार करता था और इज्जत भी। वो तो शराब की बुरी लत के कारण मैं उसे छोड़कर तेरे साथ आ गई।

वाह! अम्मी क्या बहाने बनाती हो। इता पर भी उसे तुम शरीफ़ ही समझ रही हो।

देख बेटा, मैंने भी तो तुम्हें अनेकों बार बुरी तरह पीटा था न। बोल, क्या तुने मुझे प्यार करना छोड़ दिया, नहीं न।

बात ऐसी है बेटा कि जब कोई किसी से बहुत प्यार करता है तो, उसको जिसे वह पीटता है उसपर ऐसा करना वह अपना एक अधिकार समझ लेने की भूल कर बैठता है। कहीं ऐसा देखा है तुमने कभी कि कोई वैसे लोगों को आधिकार पूर्वक होश में पीटता हो जिससे उसके कोई संबंध न हो।

अम्मी अगर अबू तुमसे इतना ही प्यार करता है तो अबतक कभी खोज खबर करने भी तो नहीं आया।

एक दिन जरूर आएगा मेरा विश्वास है, बेटा!

मुझे तो तुम होश में ही पीटा करतीं थी फिर भी मैं भी तो कभी बुरा नहीं माना, हो तो अम्मी ही न।

यह कहते हुए जावेद मुस्कुराया।

नुसरत - नहीं बेटा, होश में नहीं बल्कि क्रोध में तुमको पीटा होगा। बेटा, क्रोध भी एक प्रकार की बेहोशी ही होती है।

इसी बीच किसी ने दरवाजा खटकटाया, नुसरत बर्तन मांज रही थी, जावेद ने दरवाजा खोला तो देखा उसका अबू नजरें नीचे किए खड़ा है। अचंभित होकर उसने जोर से आवाज़ लगाई, अम्मी, देखो अबू आया है। अंदर आवो अबू।

शरीफ मियां ने जावेद और नुसरत को गले लगाया।

शराफत - तुम दोनो अपना घर छोड़ कर आ गए और मैं शराब छोड़कर तुमलोगों के पास आ गया हूँ। बगल वाले वर्मा जी ने एक दिन मुझसे कहा था - देखो शरीफ़, शराब इस्लाम में हराम बताया गया है। मुझे सुनकर बहुत ग्लानि हुई कि वर्मा जी हिंदू होकर हदीस कुरान की बातें जानते हैं और मैं मुसलमान होकर भी उसे नहीं समझ पाया। खुदा शायद मुझे माफ न करे।

जानते हो जावेद, मुहल्ले के वर्मा जी ने ही मुझे कहा है कि जा शरीफ़ परसों ईद है न, नुसरत जावेद को मना कर ले आ वरना ईद का कोई मतलब न होगा। शरीफ ने दो थैले जिसमें कि रूपये सिक्के रखे थे दिखाते हुए कहा देखो अपने ऑटो चलाने की कमाई को तीन भाग में बांटकर रखता रहा हूँ एक अपने खर्च के लिए और दो थैले तुम दोनो की ईदी के लिए। वर्मा जी ने ही अपनी गाड़ी तुम दोनो को लाने के लिए दी है, तुम दोनो चलोगे न अपने घर, आवाज़ में कुछ संदेह का भाव था।

जावेद ने अपनी अम्मी की ओर देखकर कहा, अम्मी तुम सही में कहती हो कि मेरा अबू सही गें शरीफ है। जावेद चहक गया था - अम्मी ,चलो अबू के घर चलते हैं।

7

हकाम के भूमिहार

रंजन जी के भूमिहार जाति पर लिखा लेख पढ़ा, अच्छा लगा। अब अपनी जाति के कृत्यों का गुणगान अगर उसी जाति का कोई करे तो शायद अन्य लोग उसको आत्म प्रशंसा मान कर आलोचना करें।

इसलिए सोचा कि हकाम के भूमिहारों के संबंध में मैं भी कुछ उद्गार व्यक्त करूँ।

अगर हम यह कहें कि हकाम गांव में भूमिहार जाति के सामाजिक योगदान को हटा दिया जाय तो इस गांव में कुछ नहीं बचेगा।मूलतः हकाम के भूमिहार मध्यम वर्गीय/साधारण जोत के किसान रहें हैं। ऐसा इसलिए कह रहा हूँ कि मेरी पोस्टिंग हमेशा भूमिहार बहुल क्षेत्रों में ही रही है और वहां के बड़े बड़े किसानो की हैसियत से मैं वाकिफ हूँ।

सभी जातियों के बीच हकाम जैसी समरसता मैंने अपने पोस्टिंग वाली जगहों पर नहीं पाया।

हकाम में पूर्व का विख्यात मिडल स्कूल, गर्ल्स हाई स्कूल, हाईस्कूल तक जाने का संपर्क सडक, रेलवे हाल्ट पर जाने का संपर्क पथ, हकाम रामजानकी मंदिर ये सभी भूमिहार समाज के छोटे छोटे किसानों के भूमि पर अवस्थित हैं। जिससे सभी जातियों के लोग शिक्षा, पूजा अर्चना, आवागमन, करके अपना विकास कर रहे हैं विशेष रूप से लडकियों की शिक्षा के क्षेत्र में। हाल्ट के नजदीक का विद्यालय भी एक भूमिहार का ही है जिसमें सभी जाति धर्म के लोग शिक्षित हो रहे हैं।

मरहूम हदीस मियां, हकाम कुर्मी टोला, मियां टोला हकाम बाज़ार का ताजिया और उसका जुलूस हिंदू बहुसंख्यक लोगों के सहयोग से ही निकलते हुए देखा हूँ जिसमें गदका खेलने मेरे बाबा स्व परसाद मिस्त्री, स्व हरूनी मिस्त्री बड़े उत्सुकता

से गदका खेलने महुआनी में जाते थे।

हिंदुओं के दरवाजे पर ईमाम साहब पर मलिदा, चावल का सिरनी चढता था।मैं अपनी माँ को ताजिए पर पानी चढाकर बेना (पंखा) हांकते देखा हूँ।

हर गांव में एक रोल मॉडल जाति होती है जिसका अनुकरण अन्य जातियां करती हैं। इस में कोई शक और सुबहा नहीं कि शिक्षित, विकसित भूमिहारों से ही गांव में प्रेरणा पाकर अन्य लोग भी शिक्षित और विकसित हुए हैं।

जिला परिषद में अनेकों लोंगो के रोजगार भी गांव के भूमिहार समाज के ही एक विशेष सम्मानित, लोकप्रिय व्यक्तित्व के कारण ही हुए हैं।

यह हकाम गांव ही था जहाँ बिना पूछे कोई भी व्यक्ति छठ पर्व के लिए ईख किसी भी भूमिहार के खेत से काट लिया करता था, इसमें मैंने कहीं रोक टोक नहीं देखा। आज की स्थिति का मुझे बहुत ज्ञान नहीं है शादी में बांस, मृत्यु पर लकड़ी किसी के बांसवारी, पेड़ से बिना अनुमति/या कहकर लेकिन लिया जाता था कभी किसी ने एतराज़ किया हो ऐसा सुनने का उदाहरण नहीं मिला, भूतकाल में ऐसा मैंने देखा है।

हकाम बाज़ार के पश्चिमी भाग पर बाजार के दिन ताड़ी की दुकान लगती थी लेकिन उधर कोई व्यक्ति खड़ा होने में भी अपमानित महसूस करता था। भूतकाल में हकाम बाज़ार ही अगल बगल के गावों का बाजार था जो हमलोगों के लिए आकर्षण का केंद्र था शायद यह भी किसी भूमिहार के ही जमीन पर अवस्थित है। कई डाक्टर, विश्वनाथ ठाकुर, भोला दुबे, सुरेश सिंह, साहनी इत्यादि यही अपना क्लिनिक चलाते थे।

आगे चलकर हकाम के संस्कार में महत्वपूर्ण गिरावट हुई जिसे स्वीकार करने में कोई हर्ज़ नहीं हैं। शराब नहीं होता तो आज हकाम के कई लोग जीवित रहते कई स्त्रियाँ विधवा नहीं होतीं और कई औलादें अनाथ नहीं होतीं।

गांव के निर्वाचित जन प्रतिनिधियों को सरकार के शराबबंदी अभियान में बढचढ कर भाग लेकर नशामुक्त हकाम बनाना चाहिए।

कभी भी किसी कमजोर पर कोई अत्याचार हुआ तो भूमिहार समाज भी उसके पीठपर, भूमिहार के विरुद्ध भी खड़ा मिला, ऐसे भी अनेकों अवसर पर देखा गया है।

बचपन में हाथी ऊंट पिलवान हाथी ऊंट की सवारी के लिए गांव से बाहर नहीं जाना पड़ता था। गांव का हाथी भले ही किसी खास परिवार का था लेकिन गांव का हर आदमी उसे अपना ही हाथी समझता था। खासकर हमलोग बड़े फ़र्ब से अपने पहुनाई में कहते थे कि मेरे गांव में हाथी और ऊँट है। हकाम एक समय सनई, जूट

से रस्सी बनाने का महत्वपूर्ण केंद्र था जिसे धानुक समाज करता था।

भारत का कोई भी ऐसा सर्कस नहीं था जिसमें हकाम के बढ़ई और मुसलमान नहीं पाए जाते हों। उनके कारण कई बार फ्री में सर्कस देखने का आनंद मिलता था।

सबसे महत्वपूर्ण बात की किसी भी जाति के हित कुटुंब हकाम आते हैं तो एक दो दिनों के बदले तीन चार दिन ठहरने में आनंद महसूस करते ही हैं। फलतः अन्य गांव के लोगों की कोई रिश्तेदारी अगर हकाम में तय होती है तो वे यहाँ रिश्तेदारी करने को प्राथमिकता देते हैं।

आज मिट्टी और फूस का घर लगभग हकाम से समाप्त हो चुका है, यह हमारे लिए गौरव की बात है ।और अगर कुछ बचे हैं तो जनप्रतिनिधियों को प्रयास कर के सरकार से पक्का घर बनवाने का प्रयत्न करने के साथ-साथ एक स्वच्छ और खुले में शौच मुक्त हकाम बनाने पर जोर देना चाहिए।

विशेष कर युवाओं को।

हकाम के पुराने गौरव और संस्कार को पुनर्जीवित करने का प्रयास हमसबों को मिलकर करना चाहिए ।

हकाम को सलाम

यहाँ के मिट्टी को सलाम

यहाँ के सभी लोगों को सलाम

यहाँ के सभी बच्चे बच्चियों को बसंत पंचमी के अवसर पर अनंत शुभकामनाएं ताकि अच्छी शिक्षा प्राप्त कर गांव का नाम रौशन कर सकें।

बसंत पंचमी के पावन अवसर पर सभी को अनंत शुभकामनाएं।

"जननी जन्म भूमिश्च स्वर्गादपि चिर गरीयसी"

8

सामाजिक न्याय, आरक्षण और मुखिया जी

अनंत बाबू सचिवालय के पंचायती राज विभाग के बाबू थे और सरकारी दफ्तर के ध्रुवतारा भी। उपर तक पहुंचने का एक सुरक्षित मार्ग अर्थात हाकिम अगर बाबाधाम (देवघर) तोवहसुल्तानगंज गंगा घाट के समान थे जहाँ से ही मनोकामना के इच्छाधारी कांवरियों को जल उठाना पड़ता है।

रघुवंश बाबू कोई सरकारी आदमी या उनके जात बिरादरी के भी नहीं थे परंतु अनंत बाबू के आंगन तक उनकी पहुंच थी। इस अन्योनाश्रय संबंध से दोनों अच्छी तरह से फलते फूलते आ रहे थे।

ढोंढा को रघुवंश बाबू ने ही अनंत बाबू के यहाँ चौंका बर्तन, झाड़ू पोंछा, माल गोरू के लिए रखवा दिया था। जिस दिन ढोंढा अनंत बाबू के यहाँ आए थे समझ लीजिए कि उसी दिन से समाज से छूत अछूत की भावना समाप्त हो गई थी।

आज रघुवंश बाबू ढोंढा के दस वर्षीय पुत्र को अनंत बाबू के यहाँ लगाकर, ढोंढा को दो माह के लिए गांव ले जा रहे थे इसमें रघुवंश बाबू को भी फायदा था तथा ढोंढा के पुत्र के भविष्य के लिए अदब ओ सहुर का प्रशिक्षण भी मिल जाना था।

दो महीने बाद एक सुबह अनंत बाबू अखबार पढ़ रहे थे तबतक एक कोने में छपी तस्वीर को उन्होंने गौर से देखा तो उसमें एक खुली जीप पर रघुवंश बाबू और ढोंढा अबीर-गुलाल के साथ रघुवंश बाबू के गर्दन में दस बीस माला और ढोंढा के

गले में एक दो फूल की माला के साथ और उसके पीछे जुलूस थी। हेडिंग में था कि श्री ढोंढा मांझी ने अपने निकटतम प्रतिद्वन्दी को चार सौ मतों से पराजित कर ग्राम प्रधान का चुनाव जीत लिया। ढोंढा, भगवान भरोसे पंचायत के मुखिया हो गए थे। यह समाचार पढ़कर अनंत बाबू को खुशी नहीं हुई क्यों कि ढोंढा के पुत्र में वह सब कुछ नहीं था जो ढोंढा में था।

एक महीने बाद रघुवंश बाबू अपने स्कार्पियो से ढोंढा के साथ अनंत बाबू के यहाँ मिठाई, घी, सतू चना के साथ एक बोरी महकउआ चावल लेकर पहुंचे। गाड़ी ढोंढा ही चलाकर लाए थे। अनंत बाबू ने विस्मय की दृष्टि से ढोंढा को देखा। इतने में रघुवंश बाबू ने ढोंढा से कहा, मुखिया जी, सब सामान साहेब के घर के अंदर ले जाइए।

सर, एक महीना ढोंढा जी को लाने में देर हो गई, सोचा कि मुखिया हो ही गए अब ड्राईवरी भी सीखा ही देते हैं अब तो मीटिंग सीटिंग में भी तो इन्हें जाना ही न पडेगा सर। अनंत बाबू की ओर देखकर रघुवंश बाबू ने कहा, सर, आपके लिए तो ये टू इन वन हुए, घर के अंदर भी और गाड़ी घोड़ा भी देखेंगे।

अनंत बाबू और रघुवंश बाबू को एक आत्म सफलता के अनुभूति के साथ साथ गौरवपूर्ण खुशी उन दोनों के चेहरे पर कौंध रही थी।

सर, मुखिया जी (ढोंढा) अभी भी आपकी की ही सेवा में रहेंगे, कभी-कभी मीटिंग सीटिंग के लिए हम इनको सरकारी दफ्तर या पंचायत में एक दिन के लिए ले जाऐंगे फिर उसी दिन पहुंचा भी जाया करेंगे। और रह गई पंचायत के ऑफिस का काम तो हम यहीं आकर इनका दस्तखत ले लेंगे। सर, गांव में पार्टी पॉलिटिक्स बहुत हो गया है। ढोंढा जी ठहरे सीधा सादा और ईमानदार आदमी, गांव में रहेंगे तो इर्ष्या द्वेष से विरोधिया सब परेशान भी करेगा। ग्राम प्रधानी तो कोई ईमानदारी की चीज अब रही नहीं, खाली तिकडमे है।

ढोंढा जी यानि मुखिया जी अंदर अपने काम में गौरव के अनुभूति के साथ लग चुके थे।

रघुवंशबाबू - सर, एक बात कहते हैं लेकिन सर वचन दीजिए कि हमारी प्रार्थना को आप अस्वीकार नहीं करेंगे!

अनंत बाबू ने कहा - हाँ! हाँ! भाई, निर्भीक होकर कहिए।

रघुवंश बाबू - जबतक तक ढोंढा जी मुखिया रहेंगे तबतक उनकी तनख्वाह आप नहीं हम ही अपने पॉकिट से देंगे। लेकिन यह बात ढोंढा को नहीं पता चलनी चाहिए।

अनंत बाबू मुस्कुराते हुए बोले, अरे भाई यह घर भी आपही का है आपको जैसे बुझाए वैसे कीजिए।

चाय पानी चल ही चुका था।

अच्छा सर, अब गैरहाजिर होने का इजाजत दीजिए, रघुवंश बाबू ने अदब से कहा।

ढोंढा के पुत्र को गाड़ी में लेकर रघुवंश बाबू निकल गए।

अनंत बाबू ने गहरी सांस ली और मुंह से सहसा निकला, आदमी चालु पूर्जा हो तो सफलता कदम चूम ही लेती है।

एक महीने बाद रघुवंश बाबू आए, एक रेडीमेड सफेद खादी का कुर्ता पाजामा ढोंढा को देते हुए बोले इसे पहन लीजिए, अब आप ग्राम प्रधान (मुखिया) हैं। आज मीटिंग में चलना है। हम तो बाहर रहेंगे अगर कोई बात समझ में नहीं आए तो आप क्या करेंगे?

अनंत बाबू ने तपाक से परामर्श दे दिया - मुखिया जी, पेशाब करने के बहाने तुरंत बाहर आकर समझ लेना है। हालांकि ज्यादा अच्छा तो आपके लिए मौन रहकर, श्रोता बनकर ही दूसरे को परास्त करने की कोशिश करनी चाहिए। लोग कहते हैं न कि एक चुप्पा एक सौ बोलता को हरा देता है।

अनंत बाबू ने रघुवंश बाबू से कहा - रघुवंश बाबू आप जब मुखिया (ग्राम प्रधान) थे तो उस समय की घोटालेवाली फाइल डायरेक्टर साहब मांग रहे थे तो हमने बता दिया कि पिछले महीने जो शार्ट सर्किट से विभाग में आग लगी थी उसमें वह फ़ाईल भी जल गई थी।

रघुवंश बाबू ने झुक कर अनंत बाबू के चरण स्पर्श करते हुए कहा - सर, ऐसे ही आशीर्वाद और छत्रछाया बनाए रखिएगा।

तबतक ढोंढा जी भी सफेद खादी का कुर्ता पाजामा पहनकर आ गए।

कुर्ता, ढोंढा के नाप से एक साईज़ बड़ा था लेकिन ढोंढा को गौरवान्वित करने के लिए किसी भी दृष्टि से कम नहीं था।

रघुवंश बाबू ने कहा कि सर, हम हों या ढोंढा जी हों जब से आपके घर में पांव रखे हैं बरक्कत ही ही बरक्कत हो रहा है।

ढोंढा- इसमें कोई शक नहीं मालिक!

ढोंढा जी ड्राइवर सीट पर और रघुवंश बाबू आगे वाली सीट पर विराजमान हुए दोनों ने अपने हाथ को उठाकर अपने सर पर टिकाते हुए आंख बंदकर थोड़ी देर के लिए ईश्वर का स्मरण करके और ढोंढा ने स्टेरिंग को भी प्रणाम किया और गाड़ी को आगे बढ़ाया।

अनंत बाबू ने हृदय से कहा- यात्रा सफ़ल और मंगलमय हो! हैव ए गुड डे मुखिया जी एंड रघुवंश बाबू।

9

पिघलता संदेह का ज़हर

पलक, अपूर्व सुन्दरी परंतु पढ़ाई लिखाई में साधारण थी। उसके मन में एक तेज तर्रार जीवन साथी की परिकल्पना थी। उसी तरह नमन देखने में साधारण परंतु बौद्धिक संपदा के धनी थे। एक उत्कृष्ट शैक्षणिक उपलब्धि के कारण बहुत ही अच्छी नौकरी में थे उनके मन में जीवन साथी के लिए एक खूबसूरत लड़की की तमन्ना थी।

पलक के घरवाले आधे मन से पलक को दिखाने के लिए एक होटल में लाए थे ,नमन के घरवाले भी डरे डरे ही पलक को देखने आए थे। नमन और पलक को एक साथ छोड़कर दोनों पक्ष अपने अपने कमरे में इंतजार कर रहे थे। पलक मुस्कुराती हुई कमरे में घुसते ही बोली, लड़का मस्त है। सभी के चेहरे खिल उठे। उधर नमन अपने कमरे में आकर बहुत ही निराश मन से बोले अब वो मुझे पसंद कर ती है, तो मुझे भी बहुत पसंद है।

मनुष्य में जिस चीज की कमी रहती है तो उसी चीज़ की तलब उसमें ज्यादा रहती है। यहां दोनों की तलब की परस्पर पूर्ति हो गई और दोनों परिवार एक हो गए थे।

नौकरी वाले शहर में जिस मकान में वे दोनों रहते थे उसमें खुली हवादार बालकनी थी। ठीक उसके सामने सड़क के दूसरी ओर मकान में धोष दा का परिवार रहता था। उनकी बालकनी और नमन की बालकनी आमने-सामने थी। दोनों ही बालकनियो में उनके ड्राइंग रूम की बड़ी बड़ी खिड़कियाँ थी जिसपर सुन्दर पर्दे टंगे होते थे। धोष दादा के दो सुन्दर सुन्दर बेटे थे जो नमन के हम उग्र थे। उनकी बहुएं भी थीं परंतु वो दोनों साधारण नाक - नक्स वाली।जबकि घोष आंटी कोआज भी देखने से यह वाक्य दिमाग में आ जाता था कि "खंडहर बताती है कि इमारत

कितनी बुलंद रही होगी"।

नमन, हरदम पलक के साथ साये की तरह रहा करते। आजतक कभी भी नौकरी को छोड़कर, नमन, पलक को बिना लिए कहीं नहीं जाते। जब भी कहीं शादी समारोह में जाते तो वहां आए सज्जनता का लबादा ओढ़े अधिकांश मर्दों की आवारा गर्द निगाहें जहाँ परस्त्रियों के सौंदर्य को अपनी पत्नियों की नजरों से बचाकर अपनी एक्स रे निगाहों से निरीक्षण करते दिखते मानो अपने को "रीचार्ज" कर रहे हों। वहीं नमन उसके प्रतिकूल अर्थात पलक के इर्द-गिर्द और उसी के चेहरे पर घूरते रहते और अन्य मर्दों की तरह वहां देर तक समय गुज़ारना नहीं चाहते, कम से कम समय में औपचारिकताएं पूरा करके घर आ जाते। नमन इतने आशक्त थे कि कभी-कभी तो हल्के बुखार के कारण पलक अकेले ग्रॉसरी का सामान लाने के लिए जाना चाहती तो भी वह ज़बरन साथ चले ही जाते। ऐसी आसक्ति देखकर भला कौन औरत पति पर पागल नहीं होगी? पलक भी नमन पर सबकुछ न्योछावर करते रहती, उसे अपने द्वारा ऐसे पति के चुनाव पर गर्व भी था। नमन छुट्टियों में या नौकरी पर जाने के पहले या आने के बाद बालकनी की खिड़की के सामने ही लगाई हुई कुर्सी पर अक्सर बैठा करते और बाहर कभी घोष दादा के बालकनी की ओर तो कभी किचेन में पलक की ओर, और जब पलक कपड़े पसारने बालकनी में जाती या किचेन की गर्मी से ऊबकर बालकनी में बैठकर सब्जियां काटती तो वह भी थोड़ी देर बालकनी में बिता कर पुनः ड्राइंग रूम में वापस आकर खिड़की के पास जाकर बैठ जाते और पूर्व की भांति कभी परदे के किनारे से बाहर घोष दा के बालकनी में, तो कभी चोरी चोरी पलक को गौर से देखते।

एक दिन नमन ऑफिस के लिए तैयार होकर निकलने वाले ही थे कि किसी ने कॉल बेल बजाया, नमन नास्ते पर बैठे थे पलक ने दरवाजा खोला, और विनम्रता से कहा, प्रणाम आंकल, अंदर आइए। देखा कि घोष दा सामने है। घोष दा ने कहा - नहीं बेटी अभी तो ऑफिस जाने का वक्त है, कुछ खास बात है इसीलिए आया हूँ सोचा कि तुम से शेयर करूं।

तुम्हीं बताओ कि कब आना ठीक रहेगा।

हाँ, तो बारह एक के बीच आ जाईए अंकल, आंटी को भी लेते आइए तो हमसब साथ में चाय भी पियेंगें और बात भी कर लेंगें।घोष दा बाहर चले गए।

अच्छा ठीक है फिर मिलते हैं।

नमन नें भी सभी बातें सुन ली थी इसलिए वह भी संशय में आ गए और चिंतित हो गए थे।

घोष दा, साथ में उनकी पत्नी नमन के ड्राइंग रूम में थे। चाय की चुस्की लेते हुए घोष दा बोले, बेटी बुरा मत मानना, हमने सोचा कि, इससे पहले की दोनों परिवार बर्बाद न हो जाय आपको बता दूं कि आपके पति की ओछी हरकतों से हमलोग असहज़ और असुरक्षित महसूस करने लगे हैं।

पलक ने आश्चर्य से कहा, आप क्या कह रहे हैं अंकल? क्या हुआ अंकल! ज़रा साफ साफ तो बताइए।

घोष दा-देखो बेटी जब से तुमलोग आए हो मैं अपने बालकनी के कमरे से हरदिन ग़ौर करता हूँ कि नमन परदे के पीछे बैठकर मेरे बालकनी की ओर ताक झांक करते हैं, मेरी भी दो नई नई बहुएं हैं बालकनी में आते-जाते रहतीं हैं। इसलिए •••••••।

अंकल, कब कब आपने उनको देखा है?

ऐसे तो कभी-कभी ही अन्य समय में, लेकिन ज्यादातर जब तुम बालकनी में रहती हो और वह ड्राइंग रूम में अकेले रहते हैं तब ज्यादा ताक झांक करते हैं।

अब पलक को माजरा समझ में आते देर न लगी, फिर बोली अंकल, आप यह बताइए कि आपके बहुओं से मैं क्या कम सुन्दर हूँ? जो नमन उनको देखेगें। वो कभी ऐसा कर ही नहीं सकते। आपके इस लांक्षन से मैं कतई सहमत नहीं हो सकती कि वह मुझे छोड़ कर किसी परस्त्री पर नज़र अर्थात मेरा अभिप्राय है "बुरीनज़र" डालेंगें। फिर भी मैं आपको आश्वस्त करती हूँ कि अब से वो ऐसा कुछ भी नहीं करेंगे जिससे आपको ठेस पहुंचे। लेकिन मैंने भी अपने पति को बहुत अच्छी तरह से समझा है, वह मुझको बहुत प्यार करते हैं और मैं भी, लेकिन एक बात किसी भी मर्द को विरले ही समझ में आती है कि सात फेरे के पहले की नारी और उसके बाद की नारी में आकाश पाताल का अंतर हो जाता है। पहले की चंचल निगाहें बाद में स्थिर और गंभीर हो जातीं हैं और फिर आपसी संबंधों मेंआस्था जगह ले लेती है। मगर कुछ मर्दों में ऐसी आस्था विरले ही होती है। बल्कि उनमें यह आस्था धीरे-धीरे बुढापा के पूर्व तक धुंधली होती जाती है। मैंने अपने पति को जितना समझा है तो इतना कह सकती हूँ कि किसी की चिरसंचित और श्रृजित धारणा/सोच को समझा बुझाकर तोड़ना या बदलना इतना सरल नहीं होता। धारणाओं/सोच को जीवन की कोई घटना ही तोड़ सकतीं हैं इसलिए मैं इसे समझते हुए भी, उनको इस आचरण के लिए समझाना इसलिए उचित नहीं समझा कि उससे उनका संदेह और प्रगाढ़ हो सकता है और हमारे बीच एक अनावश्यक दीवार खड़ी हो सकती थी और वह समझते की मैं अपना बचाव कर रही हूँ। यह सोचकर मैं वैसी ही घटना का इंतजार करते आ रही थी। और आज वह घटना मेरे समक्ष उपस्थित है, अंकल।

देखिए अंकल मेरी शादी के संबंध में मेरे कई रिश्तेदारो ने बेमेल होने की संज्ञा दी थी वे लोग यह नहीं जानते थे कि नमन को मैंने ही पसंद किया था। मैं उनसे बेपनाह मुहब्बत करतीं हूँ और वह भी, मगर मुझे नमन को बहकने का बिल्कुल ही डर नहीं है लेकिन नमन के दिमाग़ से मेरे खो जाने/बहकने का डर अबतक समाप्त नहीं हो सका है। उनको मेरी खूबसूरती पर नाज़ और संदेह दोनों है अब तो कभी-कभी मेरी खूबसूरती मेरे लिए मुझे "जी का जंजाल" जैसी लगने लगी है। मैं इतनी सुंदर अगर नहीं होती तो शायद वे मुझपर, मेरे अटूट प्यार पर इतना संदेह नहीं करते। पलक की आंखे नम हो गई, आवाज़ रुंध गई।

अंकल, आपके बालकनी में उनकी निगाहें आपकी बहुओं की तलाश नहीं करतीं हैं बल्कि आपके सुंदर नाक नक्स वाले बेटों की तलाश करतीं हैं कि कहीं मैं उनसे आकर्षित तो नहीं हो रही हूँ। असल निशाना तो मैं रहती हूँ आपके संस्कारी बेटे/बहुएं नहीं।आपने कहा था न कि जब मैं बालकनी में अर्थात कमरे से बाहर रहतीं हूँ तभी वो ज्यादा ताक झांक करते हैं।

देखिए घटना, आज संदेह का शिकारी ही कैसे संदेह का शिकार हो गया है आपकी नजरों में। यही घटना उनकी धारणा में बदलाव लाएगी, मुझे पूर्ण विश्वास है। आप देवता हैं, अंकल, की आपने अपनी गलतफहमी को मुझे बता दिया। क्यों आंटी, है न सही बात?

अंटी का भूतकाल अचानक उनकी नजरों के समक्ष आ गया और गुस्से में बोलीं -चोलबे, ना कि आरो किछू सोनार बाकी आछे?

(चलोगे कि अब और भी कुछ सुनना बाक़ी है?)

अपने दिन भूल गए? जब अपने देवर या तुम्हारे दोस्त घर में आते थे तो बिना मतलब वहीं पहरेदार के जैसा लटके रहते थे जैसे लगता था कि जैसे कोई मुझे भगाकर ले जाने आया है। क्या मैं मूर्ख थी कि मुझे समझ में नहीं आता था। जवानी में मुझपर शक किया और बुढ़ापे में दूसरे पर। बाज़ नहीं आए स्वभाव से।

घोष दा, को काठ मार गया, सर नीचे कर फ़र्श देखने लगे।

आंटी ने पलक को देखते हुए कहा, जाने दो बेटी (सब सुंदर बाउ-देर बर गुलोर एकी रकम चिंता धारा होय) सब रूपवती पत्नियों के मर्दों की सोच अक्सर ऐसी ही हुआ करती है। यह पुरानी आदतें बुढापा तक नहीं जातीं। (बरो होई गेले स्वभाव से एकी रोहे गेलो) घोष दा की ओर देखकर आंटी ने कहा।

आंटी और पलक ने एक दूसरे को देखकर मुस्कुरा दिया।

(चलो, ओठो, बाड़ी जाय) चली उठो, घर चलो।

पलक ने घोष दा और आंटी को जाने के लिए दरवाजा खोला तो देखा कि बाहर नमन खड़े हैं चेहरा उतरा हुआ बिना ठहरे बेड रूम में जाकर तकिये में मुंह लगाकर, औंधे मुँह सुबकने लगे। पलक को समझते देर नहीं लगी कि संदेह में नमन बिना बताये ऑफिस से आ गए थे और किवाड़ के बाहर खड़े होकर सबकुछ सुन लिए हैं। मन में संघनित संदेह का ज़हर पिघल कर आंसू के रूप में बाहर निकल रहा था।

पलक ने भी जानबूझकर सुबकने का कारण नहीं पूछा और किचेन में जाकर पलक ने दो कड़क कॉफी बनाया और बोली, नमन, तुम्हारी कॉफी मैंने ड्राइंग रूम के खिड़की के पास रख दिया है, घोष दा, अपनी खिड़की पर तुम्हारा इंतजार कर रहे हैं। मैं बालकनी में बैठकर कॉफी पीने जा रही हूँ और कॉफी लेकर बालकनी में चली गई और वहाँ रखे आराम कुर्सी पर बैठकर कॉफी पीने लगी। कुछ देर में देखा कि घोष दा अपने बालकनी की खिड़की की किवाड़ें बंद कर रहे थे। अंदर आई तो देखा कि नमन अपना खिड़की के पास से सजाया हुआ सिंहासन हटाकर कमरे के कोने में खिड़की से अलग हटा रहे थे। पलक ने मुस्कुराते हुए नमन को कहा, प्लीज डोन्ट माइंड, रिलैक्स, रिलैक्स माई लव!

एक सप्ताह बाद ऑफिस से नमन का फोन आया।

पलक, मैं बताना भूल गया कि आज शर्मा अंकल के बेटी की शादी है, मुझे ऑफिस में बहुत काम है आने में देर होगी तुम वहां अटैंन्ड कर लेना। ठीक है?

पलक ने कहा, नहीं, बिल्कुल नहीं, अब मैं अकेले किसी पार्टी फंक्शन में नहीं जाऊंगी, तुम साथ नहीं रहोगे तो वहां उपस्थित कुछ तथाकथित सज्जनों जैसे दिखनेवाले लोगों की आवारा गर्द निगाहों की गिद्ध दृष्टि से कैसे बच पाऊँगी?

देखो, बॉस को बोलकर आ जाओ, साथ में चलते हैं। तबतक मैं अपना श्रृंगार करने जा रही हूँ। तुम्हारी पसंद वाली कजली साड़ी पहनुंगी ताकि किसी की नज़र न लगे। वाय! वाय! कम सून।

10

मायके की मर्यादा

जगता बाबू शहर के विख्यात वकील, महिलाओं के पुश्तैनी संपत्ति में हक दिलवाने के मुकदमें के विशेषज्ञ माने जाते थे। वकालत से अकूत संपत्ति अर्जित किये थे, वैभव ऐश्वर्य की कोई कमी न थी। उनकी दो संतानों में बड़ी बेटी कृष्णा और पुत्र लवली थे। दोनों ही शादी के योग्य हो चुके थे। कृष्णा की शादी के लिए तो तीन चार वर्षों से प्रयत्नशील थे मगर अभी तक रिश्ता तय नहीं हो सका था।

आज कृष्णा को देखने लड़का, रवि, स्वयं आनेवाले हैं। ऐसे तो रवि के परिवार वाले कृष्णा को देखकर इस शर्त के साथ पसंद कर लिए थे कि लड़का हां कह दे तो फिर उन्हें कोई ऐतराज न होगा। जगदा बाबू ने उनकी दहेज़ की भूख की ज्वाला को फ्लैट, गाड़ी, नकद के अलावे लगभग सबकुछ देने का विश्वास दिलाकर मिटा दिया था जो कारगर साबित हो चुका था। रवि आई आई टी कानपुर के टॉपर और बड़े पैकेज पर मल्टीनेशनल कंपनी में कार्यरत थे। कृष्णा भी आई आई टी दिल्ली से उत्कृष्ट परिणाम के साथ एम टेक करके अच्छी नौकरी कर रही थी।

कृष्णा को देखने आनेवालों में रवि सातवें व्यक्ति थे। कृष्णा की माँ ने बहुत मनाया लेकिन कृष्णा ने ब्यूटी पार्लर में अबकी बार मेक अप कराने से और कृत्रिम श्रृंगार से साफ मना कर दिया। अनेकों लड़को ने और परिवार वालों ने उसे देखा था यहाँ तक कि उत्कृष्ट रूप सज्जा के बावजूद कृष्णा के नाक, नक़्श ,रंग,के समतुल्य या यूँ कहिए कि उससे इंफिरियर बनावट के परिजन और लड़को ने भी उसे पसंद करने से इंकार कर दिया था। उसे एहसास हो चुका था कि उसके माता-पिता ने उसका नाम कृष्णा क्यूँ रखा था और उसके श्यामवर्ण की तुलना भगवान राम, कृष्ण, शंकर, मां काली से क्यों की जाती थी। उसे एहसास हो चुका था कि भगवान के शारीरिक रंग को समाज पसंद कर लेता है, पूजता है परंतु उसी रंग

के मनुष्यों खासकर लड़कियों को बिल्कुल ही पसंद नहीं करता। उसके योग्यता काबिलियत पर उसका श्यामवर्ण भारी पड़ जाता था।

आज भी वह निराशा के भाव से उबर नहीं पाई थी और अंजाम को समझ रही थी। उसने यह सोच लिया था कि जैसी हूँ उसी रूप में अपने को प्रस्तुत करना उचित होगा चाहे अंजाम जो हो।

रवि आकर ड्राइंग रूम में दाखिल हो चुके थे, कृष्णा को सामान्य वेश में ही अंदर लाया गया, परिचय करवाकर सभी निराशा के भाव से कमरे से बाहर आ गए। गोरा चिठ्ठा छरहरे बदन, सुन्दर नाक नक़्शवाले रवि को देखकर कृष्णा के चेहरे पर गंभीर चिंता की रेखाएं उभर आईं। कुछ देर खामोश रहने के बाद कृष्णा ने कहा कि जो पूछना है सो पूछ लीजिए।

रवि - आपका बायो डाटा बहुत अच्छा है उसे देखते हुए कुछ पूछने की कोई हिम्मत नहीं होगी। रवि के दिमाग में अपने साथियों के सुन्दर सुन्दर बीबीयों के चेहरे अकस्मात् कौंध गए। थोड़ी देर बाद रवि ने अपने को सामान्य करते हुए कहा कि फिर भी एक प्रश्न का उत्तर अवश्य चाहुगा कि ऐसे अवसर पर आपने अपने-आप को सुसज्जित क्यों नहीं किया है? मेरे घरवाले तो बता रहे थे कि आप बहुत सज-धज कर उनके सामने आई थीं।

कृष्णा - मुझे देखने वाले आप सातवें व्यक्ति हैं और पहले हरबार ही मैं अभूतपूर्व श्रृंगार के प्रदर्शन के बाबजूद भी अपने श्यामवर्ण के चेहरे को उनकी नजरों से छुपाने में सफल नहीं हो सकी। इसलिए अब मैं चाहती हूँ कि मैं जैसी हूँ अपने को वैसी ही पेश करूँ चाहे कोई पसंद करे या न करे। उत्तर सुनकर रवि के चेहरे पर हल्की मुस्कान तैर गई।

रवि ने कहा कि बाकी पहले के जितने लोगों ने आपको देखकर जो नापसंद किया उन्होंने बिल्कुल सही ही किया क्योंकि भगवान ने आपको सिर्फ मेरे लिए ही बनाया है। जो होता है वह अच्छा ही होता है क्योंकि अगर वे लोग आपको पसंद कर लिए होते तो मुझे आप नहीं मिल पातीं। मैंने भी कई लड़कियों को देखा है लेकिन सबों में सिर्फ बाहरी सुंदरता ही मिली। जिसमें आंतरिक सौंदर्य होता है वह बाहर से भी सुन्दर दिखता है और वही आजीवन विद्यमान रहता है। कृष्णा के चेहरे के रंग और बनावट पर उसकी योग्यता और आंतरिक सौंदर्य प्रबल हो गया था। रवि के दिमाग से उनके मित्रों की सुन्दर सुन्दर बीबीयों के चेहरे अकस्मात् गायब हो गए और रवि खड़े हो गए, कृष्णा भी खड़ी हो गई और रवि ने अपना हाथ आगे बढ़ाते हुए विनम्रता के साथ कहा, "प्लीज शेक हैंड" आइए हम आज दोनों मिलकर अपने जीवन को साथ साथ जीने का निर्णय लेते हैं अगर आपकी भी सहमति हो तो।

कृष्णा निःशब्द हो गई, आंखों में आंसू छलक गए, और होठों पर मुस्कान कौंध गई। उसे विश्वास नहीं हो रहा था कि यह कैसे और क्यूँ हो रहा है उसका हाथ सहसा रवि के हाथों से मिल गया। दोनों ने हाथ मिलाया ।कृष्णा पल-भर में अंदर से सदा के लिए रवि को समर्पित हो चुकी थी।

जगदा बाबू की योजना आज सफल हो गई। उन्होंने कृष्णा को उच्च और उच्च कोटि की शिक्षा यही सोचकर दिलाया था कि सामान्य रूप रंग की बेटी को अच्छी शिक्षा रुपी आभूषण से सुसज्जित करना कितना आवश्यक है जो आज फलीभूत हो गया।

परस्पर पसंद पर शादी संपन्न हुई कृष्णा ससुराल चली गयी।

जगदा बाबू को अब अपने पुत्र लवली का भी हाथ पीला करना आवश्यक था। ऐसे लोग उन्हें एडवोकेट लवली के नाम से पुकारते थे मगर वह किसी भी दृष्टि से न एडवोकेट ही थे और न ही उनमे लवली होने के कोई लक्षण। उन्होंने इस विश्वास के साथ लवली को वकालत पढ़ाया कि जबरदस्ती भी बेटे को जबरदस्त वकील बना लेगें। लेकिन उसमें सफ़ल न सके थे।लवली को विरासत में दो ही चीजें मिलीं थीं एक वकील की डिग्री जिसमें लवली से ज्यादा परिश्रम जगदा बाबू का था और दूसरा शराब का सेवन जो लवली ने अपने पिता से इनहेरिट किया था अंतर यही था कि जगदा बाबू थकान मिटाने के लिए शराब का औषधि के रूप में परिमार्जित सेवन करते थे जबकि लवली आनंदविभोर होने के लिए।

एक मात्र, अत्यंत ही कमज़ोर आर्थिक परिवार की एक रूपवती कन्या का रिश्ता आया था जिसे जगदा बाबू ने हाथ से जाने देना उचित न समझा। उसमें उन्हें दो फायदे दिखे एक कि बेटे का विवाह हो जाएगा और वगैर दहेज़ विवाह वह भी एक निर्धन परिवार में, समाज में चर्चा का विषय बनेगा। सुगंधा अत्यंत ही रूपवती और कुशाग्र बुद्धि की थी। उसके पिता ने उसे यह सोचकर ही आगे पढने की इजाजत नहीं दी कि अत्यंत रूपवती होने के कारण समाज की कुदृष्टि से, एक सामान्य व्यक्ति के लिए उसे सुरक्षित करना संभव नहीं होगा। समाज का डर बेटी के कुशाग्रता पर भारी पड़ गया, सुगंधा सिर्फ साक्षर होकर रह गई थी लेकिन संस्कार की उसमें कोई कमी न थी नतीजतन वह और भी सुन्दर लगती थी। सुगंधा के पिता ने भी रिश्ता तय करने में सामान्य परिवार के अन्य लोगों की तरह ही वर से ज्यादा महत्व उन्होंने धन संपत्ति शोहरत को दिया। उसमें सुगंधा के ईच्छा अनिक्षा की कोई जगह नहीं थी।उसका रूपवती होना ही एकमात्र उसकी योग्यता साबित हुई, जिससे वह जगदा बाबू की बहू बन सकी।

जगता बाबू बूढ़े हो चले, कचहरी जाना असंभव हो गया, लवली वकील न हो सके बल्कि पूरे शहर में जमीन बेचकर आनंदोत्सव मनाने के लिए मशहूर हो गए थे। जगता बाबू जितने कम समय में अपने समृद्धि को जिस ऊँचाई पर ले गए थे उसके आधे से भी कम समय में ही लवली उसे बहुत नीचे ला चुके थे। सुगंधा के मना करने पर मार पीट गाली गल्लौज आम बात हो चुकी थी, उसका छोटा बेटा इन घटनाओं को टूकूर टूकूर देखता था। सुगंधा ने हालात से कृष्णा को अवगत कराना उचित समझा। कृष्णा सुनकर विचलित हो गई। वह जानती थी कि पुरूष शादी के बाद भी एक ही परिवार का होकर रहता है मगर स्त्री शादी के बाद भी दो घर का होकर रहती है एक मायका और दूसरा ससुराल इसलिए वह चुपचाप नहीं बैठ सकती। कृष्णा रातभर सो न सकी और अचानक उसने विदेश से मायके जाने का निर्णय ले लिया।

अचानक मायके में आना, जगदा बाबू को समझ में नहीं आया उन्हें लगा कि उसका सांवला रंग कहीं पारिवारिक जीवन में बाधक तो नहीं हो गया।

जगदा बाबू संशय में पूछ बैठे, बेटा रवि और सबलोग ठीक ठाक तो है?

कृष्णा ने भारी मन से अपना हां में सिर हिलाया। शाम को कृष्णा ने पिता के समक्ष प्रस्ताव रखा कि मुझे संपत्ति में मेरा अपना आधा हिस्सा चाहिए।

जगदा बाबू आवाक रह गए, लवली को भी यह बात गंवारा न हुआ।

सुगंधा, कृष्णा के लिए नाना प्रकार के व्यंजन बना रही थी।

लवली घर के अंदर जाकर सुगंधा को कहने लगे बहन संपत्ति में हिस्सा लेने आई है और तुम स्वागत में लगी हो। नाराजगी के साथ लवली ने अपना आक्रोश व्यक्त किया।

सुगंधा ने सरलता से उतर दिया, कानून से तो उनका हिस्सा है, तो फिर क्यों नहीं लेंगी, इसमें कोई गलती तो मुझे नहीं दिखती। रह गई आदर सत्कार की बात तो, उनकी माँ नहीं है तो मां का भी फर्ज तो हमसबों का ही है न, कैसे छोड़ देगें। कोई अपना वाजिब हक ले ले तो रिश्ता थोड़े ही छोड़ देगें।

लवली गुस्से में बाहर गम को भुलाने की दवा लेने चले गये।

दूसरे दिन वार्ता प्रारंभ हुई। जगता बाबू, कानून के सभी पेंच से वाकिफ़ थे। समाज के डर से वह हिस्सा देने के लिए राजी हो गए लेकिन आधा नहीं, उन्होंने प्रस्ताव दिया कि जबतक मैं जिंदा हूँ मेरा भी हिस्सा होगा, पुत्र मोह प्रकट हो गया, संपत्ति तीन भागों में विभक्त होने पर सहमति बनी और यह भी प्रकट हो गया कि इस चाल से लवली दो तिहाई के स्वामी हो जाएंगे।

आज उनको लग रहा था कि कोर्ट में दूसरी बेटियों का हक दिलवा देना उनके लिए कितना आसान था और अपने संपत्ति में बेटी को हिस्सा देना कितना कठिन। फिर भी उन्हें सहमत होना ही पडा। यह तय हुआ कि डीड ऑफ पार्टीशन बना कर कृष्णा को लाना है और इसका निबंधन करा लेना है, सामाजिक भय से जगता बाबू और लवली को यह करना ही पडा।

कृष्णा कचहरी गई एक वकील से दस्तावेज बनवाए और कुछ पडोसियों को गवाह बनाया। जगदा बाबू और लवली दोनों ने अनिच्छा पूर्वक अन्यमनस्क भाव से निराशा में बगैर पढ़े ही हस्ताक्षर बना दिया, सभी कचहरी गए, एकरार हुआ बटवारा पूर्ण हुआ। कृष्णा को तुरंत लौटना भी था।

मायके से विदा लेते वक्त डीड की कापी सुगंधा को देते हुए बोली, भाभी मैंने अपना हिस्सा तुम्हें और अपने भतीजे के नाम गिफ्ट कर दिया है। अब लवली इसे नहीं बेंच पाएंगे तुम निश्चिन्त रहो, इसके बाद भी अगर लवली परेशान करें तो मुझे बताने में तनिक भी देर मत करना। यह घर भी मेरा अपना ही है माँ भले ही इस दुनिया में नहीं रही लेकिन माँ का फर्ज आपलोगों के लिए हरदम मेरे दिल में बना रहेगा।

सुगंधा - दीदी, फिर आपने अपना हिस्सा लिया कहाँ?

कृष्णा - भाभी, जब संपत्ति को अपने ईच्छा से किसी को दे देने का हक मिल जाए तब तो संपत्ति में हक मिल ही गया न।

दरवाजे के बाहर से लवली और जगदा बाबू, कृष्णा की बातों को सुनकर आवाक रह गए और आंखों से अश्रुधारा स्वतः बह निकली। उन्हें अपनी बहू और बेटी पर फक्र होने लगा। लवली अचानक कृष्णा के पैरों को पकड़ कर रोने लगे, उन्हें बहन में माँ का रूप दिखने लगा था। लवली ने बहन के सर पर हाथ रखकर कसम खाया कि दीदी अब न मैं शराब पिऊंगा और न जमीन बेचुंगा। अब मैं बाबूजी के जैसा मशहूर वकील बनुंगा।

लवली के प्रतिमान में एक नया और सुंदर मोड़ आ गया। अगले दो वर्षों में वह अपने पिता जैसे ही शहर के नामी वकील बन गए।

आज जगदा बाबू को लग रहा था कि बेटी मायके से ससुराल अवश्य विदा लेती है लेकिन उसका मन मायके से कभी विदा नहीं लेता। उन्हें पहली बार आभास हो रहा था कि कृष्णा का हृदय उनके अपने हृदय से ज्यादा विशाल है। उन्हें यह भी लग गया कि वे अपनी बेटी के साथ न्याय करने में कहीं न कहीं चूक गए। कृष्णा के जाने के बावजूद भी सबों को यही लग रहा था कि कृष्णा अभी भी उनके इर्द-गिर्द ही मौजूद है।

11

इनविजिवल लव (अदृश्य प्रेम)

प्रेरणा का कैंसर फ़ोर्थ स्टेज में प्रवेश कर गया था। निर्मल भी ऑफिस से छुट्टी लेकर प्रेरणा के पास रहा करते। बीती यादों को साझा करते और संस्मरण के लिए अपने मोबाइल फोन में रिकार्ड भी करते।

प्रेरणा की मेड "रानी" घर का काम संभालती और उसका पति चंदन ड्राइवर का काम करता और दोनों परिवार एक दूसरे के पूरक थे।

प्रेरणा की जीवन लीला समाप्त हुए महीनों बीत चुके थे। निर्मल के जीवन में एक अद्भुत परिवर्तन हुआ, उनकी अब की जीवन शैली, पूर्व के जीवन शैली से प्रतिकूल हो गई थी अर्थात पूर्व के सीधे सरल निर्मल अब काफी शौकीन हो गए, साथ ही मंहगे ईत्र और फरफ्यूम से भी लगाव हो गया। रंग बिरंगे चटक स्टाइलिश वस्त्र भी धारण करते देखे जाते।

उनके अपार्टमेंट के गृहणियों को यह परिवर्तन पसंद नहीं आया। इनकी मंडली मिसेज़ कपूर के यहाँ अक्सर बैठा करती और चर्चा के केंद्र निर्मल ही हो जाते। उनमें आये परिवर्तन को संदेह के दृष्टि से देखा जाने लगा। निर्मल की मेड रानी के सौंदर्य बोध ने भी आग में घी का काम किया। चर्चा से यह प्रमाणित होने लगा था कि निचले समुदाय की श्रृंगारिक महिलाओं को, करप्ट, निर्लज्ज, बदचलन समझना बड़े लोगों के लिए आम बात होती है। चर्चा में, निर्मल के साथ प्रेरणा के प्रेमविवाह के संबंध में यह जानते हुए कि प्रेरणा कैंसर की मरीज थी निर्मल ने फिर भी शादी किया इसको धन के लोभ की संज्ञा दी जाने लगी क्योंकि प्रेरणा अपने माता-पिता की इकलौती बेटी थी और शहर में आलिशान मकान भी था।

मिसेज़ कपूर ने कहा, मिसेज महरोत्रा मर्द जात का कोई भरोसा नहीं। निर्मल को देखने से लगता ही नहीं है कि पत्नी के मरने का कोई अफसोस भी है।

मिसेज़ महरोत्रा ने रिमार्कस दिया, अरे यार! घर में जिसके "छप्पन छुरी" मेड हो उसको मरी हुई पत्नी कितना याद आएगी। मिसेस श्रीवास्तव ने बात को आगे बढाया, देखो यार, जवान नौकरानियां, मेड सब ऐसे ही नखरे नज़ाकत से मर्दों पर अपना जाल फेंककर बसा हुआ घर भी बरबाद कर देतीं हैं। मिसेज़ तिवारी भी बोलने लगीं, जानती हो यार! हम तो अपने मेड को साफ़ साफ़ कह दिया है कि देखो भाई जो कुछ भी पूछना है हमसे पूछो, साहब से बातचीत करने की कोई जरूरत नहीं। हम तो अपने साहब पर भी नज़र रखते हैं। भई! जमाना नहीं अब आंख मूंद कर विश्वास करने का।

सही कहा गया है कि जिस दंपत्ति को परस्पर एक दूसरे पर विश्वास नहीं, उनकी नज़र में सभी हम उम्र महिलाएं और पुरुष बदचलन और करप्ट ही दिखते हैं।

अन्य महिलाएं सभी बातों को चुपचाप सुन रहीं थीं। इतने में कॉल बेल बजी, दरवाजा खुला तो सामने निर्मल की मेड रानी, मैचिंग साड़ी, ब्लाउज,चूड़ी,चप्पल, लिपस्टिक में अपने हाथ में निमंत्रण काड्स को लिए हुए अंदर आईं। सबके होठों पर एक व्यंग्यात्मक मुस्कान तैर गई।

मिसेज़ श्रीवास्तव ने कमेन्ट किया अरे रानी क्या झकास लग रही हो?

रानी - मैडम, मेरा आदमी मुझे हरदम कहता है कि बड़े लोगों के यहाँ साफ़ सुथरा और अप टू डेट वेश भूषा में रहना चाहिए क्योंकि अक्सर लोग वेशभूषा से ही किसी को बड़ा-छोटा होने का अंदाज लगाते हैं। औरत घर की लक्ष्मी होती है और घर का श्रृंगार भी, इसलिए औरत को श्रृंगार अवश्य करना चाहिए। मुझको फैशनेबल देखकर मेरा आदमी बहुत खुश रहता है और हम पर पूरा भरोसा भी करता है।

रानी और निर्मल के बीच का रहस्य जानने के लिए उपयुक्त मौका था इसलिए मिसेज़ कपूर ने कहा अरे बैठो भी तो। रानी फर्स पर बिछे कालीन पर बैठ गई और सबों को एक एक निमंत्रण कार्ड दे दिया और बोली प्रेरणा दीदी की बरसी में निर्मल सर ने डिनर का निमंत्रण भेजा है, कहे हैं कि सबको सपरिवार आने को बोलना।

रानी, आज अपने हाथ का चाय पिलाओ। जी मैम तुरत। रानी किचेन में चली गई।

मिसेज़ तिवारी ने धीरे से कहा, इसी बहाने इसके चक्कर की जानकारी लिया जाय। सबने सहमति जताई।

चाय का दौर चलने लगा, रानी से सवाल किया गया, देखो रानी, निर्मल के यहाँ अकेली रहती होगी थोड़ा संभल कर रहना तो कहीं ऊँच नीच न कर बैठें। अपार्टमेंट की बदनामी होगी। अगर कभी कुछ ऐसा हो तो हमलोगों को निःसंकोच बताना। हमसबों को अपना ही समझना।

रानी - मैडम, घर की दो चाबी है एक साहब के पास और एक मेरे पास। मेरा आदमी साहब की गाड़ी चलाता है। सुबह - सुबह मुझे लेकर आता है और मैं घर का सब काम करने लगतीं हूँ और मेरा मरद साहब को लेकर मॉर्निंग वाक के लिए पार्क ले जाता है फिर वापस आकर साहब को ऑफिस ले जाता है, शाम को फिर पार्क ले जाता है और साहब को वापस लाकर मेरे साथ घर आता है।जबतक मैं काम करती हूँ साहब घर में रहते कहाँ हैं। काम काज के बाद कभी-कभी मैं फ़्लैट बंदकर घर चली जाती हूँ।

अच्छा मैडम अभी और लोगों को भी कार्ड बांटना है चलती हूँ कहकर रानी निकल गई। दरवाजा बंद कर लिया गया ।मंत्रणा फिर प्रारंभ हुआ।

मिसेज़ महरोत्रा - अरे बहुत सयानी है! ऐसी ही नौकरानियां गुल खिलाती हैं। सुबह शाम पार्क जाते हैं अब तो पार्क भी तो नैन मटक्का के लिए अच्छी जगह है। स्टाईल से तो लगती हैं कि यही मेम साहब है। हमलोगों को बेवकूफ समझती है क्या? बडी आई है सती सावित्री बनने।

छुट्टी के दिन में निर्मल तो घरपर अकेले ही तो रहते होंगे क्यों यार मेरा अनुमान गलत है क्या। मंडली की कुछ महिलाओं ने कहा, देखो दीदी, बिना सबूतों के किसी के चरित्र पर संदेह करना ठीक नहीं। दुनिया में भले लोगों की भी कमी नहीं है। सभा विसर्जित हुई।

आज प्रेरणा की बरसी है। प्रेरणा के आलीशान मकान पर प्रेरणा अनाथालय का बोर्ड लगा है। प्रेरणा के आदम कद मूर्ति का अनावरण हुआ। फिर प्रेरणा के जीवन पर बनी लघु फिल्म का प्रदर्शन प्रारंभ हुआ। लोग बडी तन्मयता से उसे देख रहे थे। फिल्म में प्रेरणा और निर्मल के साथ साथ बिताये हुए भावुक पलों के रिकार्डेड क्लिपिंग्स थे जिसके संवाद निम्नवत थे----

निर्मल तुम सचमुच निर्मल हो, मैं धन्य हो गई तुम्हारे जैसा जीवन साथी पा कर। यह जानते हुए कि मैं कैंसर से ग्रसित हो गई हूँ फिर भी तुमने मुझसे विवाह कर गेरे गाता गिता का बोझ हल्का किया। तुमने इस छोटे से दाम्पत्य जीवन को असीम प्रेम और सेवा से ऐसा सींचा कि मैं तृप्त हो गई। साथ का छोटा जीवन एक दीर्घायु जीवन से भी बड़ा हो गया। निर्मल तुम सादगी में विश्वास करते थे और मैं तुम्हें हरदम सुसज्जित और फैशनेबल देखना चाहती थी और सुगंधित भी ताकि

मुझे लगे कि मेरा पति दुनिया का सबसे खूबसूरत पति है। मैंने मैरेज डे, जन्म दिन पर अनेकों रंगीन, चटकीले पैंट-शर्ट,महंगे फरफ्यूम गिफ्ट किये हैं जिसे तुमने मेरा सिर्फ मन रखने के लिए एक आध बार पहन कर रख दिया है। मेरी दो बातें जरूर मानना एक की अपने स्वास्थ्य पर जरूर ध्यान देना सुबह शाम अवश्य वाकिंग करना समय से खाना सोना, मेरी चिंता से मुक्त हो जाना।

दूसरा, मेरे गिफ्ट किये वस्त्रों और फरफ्यूम को शौक से यूज़ करना ताकि तुम्हें ऐसा देखकर मैं (आत्मा) हरदम अपने आप को तुम्हारे आस पास महसूस कर सकूँ, यही मेरी अंतिम इच्छा है।

मुझे एक बात के लिए अवश्य क्षमा करना कि मैं तुम्हें कोई संतान नहीं दे सकी। इसका कारण जान लो, जब डाक्टर ने यह कह दिया कि मेरा जीवन अब साल डेढ साल ही अवशेष है तो मैंने सोचा कि अगर मैं नव महीने तुम्हारे बच्चे को कोख में पालूँ और कोख से बाहर होते ही उसे तुम्हारे गोद में सौंपकर छोड़ जाऊँ तो मेरे विचार में यह न तुम्हारे लिए और न ही तुम्हारे बच्चे के लिए ही उपयुक्त होता।

देखो निर्मल, कोख के बच्चे को भगवान पालते हैं और कोख के बाहर बच्चे की माँ। इस प्रकार यह बिलकुल सत्य है कि बच्चे को कोख में पालने से कई गुणा मुश्किल काम है कोख के बाहर पालना। बाप कुछ भी कर ले वह एक माँ नहीं बन सकता क्योंकि उसका मुख्य दायित्व हैं जीविकोपार्जन करना, इससे समय निकालना पुरूष के लिए संभव भी नहीं होता। इन्हीं कारणों से मैंने सोचा कि बच्चे को जन्म देकर उसे अनाथ बनाऊं इससे अच्छा होगा कि अनाथ और बेसहारा बच्चों को अपना संतान बना लिया जाय।इससे दोनों की आवश्यकता की पूर्ति हो सकती है।

निर्मल, मुझे तुम्हारे काबिलियत पर कोई संदेह नहीं। तुम जीवन की कला जानते हो, तुम्हें आह भरते हुए हंसना भी आता है और रो रो कर मुस्कुराना भी।

एक बात और, रानी और उसके पति चंदन को कभी किसी चीज की कमी मत होने देना, हरदम अपने साथ परिवार की तरह रखना। इनके सेवा का मूल्य हम कभी नहीं चुका पाएंगें।

इन्हीं संवादों के साथ फिल्म समाप्त हुआ। लोग अपने स्थान पर खड़े होकर लगातार तालियां बजाते रहे साथ में मिसेज़ कपूर, मिसेज महरोत्रा, मिसेज श्रीवास्तव, मिसेज तिवारी भी नम आंखों के साथ देर तक तालियां बजाती रहीं।

निर्मल, उनकी मेड रानी और उसका पति चंदन, हाथ जोड़कर लोगों को डिनर के लिए आग्रह कर रहे थे।

स्वर्गीय प्रेरणा की प्रेरणा ने आज शहर में एक अनाथालय को जन्म दिया अब निर्मल और प्रेरणा की कई संतानें हों गईं। जबतक फलक पर चांद सितारे रहेंगे तबतक प्रेरणा और निर्मल जीवित रहेंगे।

12

एक पारखी ससुर की कथा

राजधानी जैसे शहर की एक दुबली पतली चुलबुली सी, कोरा कागज़ के जैसा दिल की स्वामिनी, नवम वर्ग में अध्ययनरत छात्रा की शादी उसके माता - पिता ने एक सुदूर देहात के एक निर्धन शिक्षित बेरोजगार के साथ तय कर दिया। एक तरह से शादी के खर्च का संपूर्ण बोझ अपने सर पर लेकर। लड़के वालों को ऐसे ही उदार घराने की आवश्यकता होती है जो मिल गया था और लड़का भी कहीं अपने से ऊँचा नीचा पांव न धर दे इसके पहले ही घरवाले ने भी इस निर्णय को मुकम्मल कर लेना उचित समझा।

पता नहीं वधु पक्ष को परिवार में और वर में कौन सी अच्छाई दिखायी दिया, इसका अनुमान करना मुश्किल था। वर के पिता को वधु पक्ष का आलिशान मकान, फोन और शुद्ध घी का हलवा पुड़ी भी बहुत पसंद आया था।

शादी संपन्न हुई, धूमधाम से। शादी के क्रम में आंगन में बहुत महिलाएं थीं, यह स्वाभाविक है कि आस पड़ोस एवं सगे - संबंधियों के मन में यह जानने की इच्छा हुई कि मैं क्या करता हूँ। एक महिला ने पूछ भी दिया कि बबुआ आप क्या करते हैं? अभी मेरे मुंह से निकलनेवाला ही था कि "अभी कुछ नहीं करता हूँ" इसी बीच सासु माँ तपाक से और काफी गर्व से बोल दीं--"प्रोफेसर हउअन"। मैं अपनी बात मुंह में ही चबा गया और एक प्रोफेसर का रूप धारण कर के उस प्रश्न करने वाली महिला के तरफ देखकर गंभीरतापूर्वक मुस्कुरा दिया, शायद वह महिला भी संतुष्ट हो गईं लेकिन गनीमत था कि उन्होंने कॉलेज का नाम नहीं पूछा वरना हम कौन कॉलेज का नाम बताते। इस प्रकार हमने अपनी सासु माँ का भी मस्तक नीचा

नहीं होने दिया। पूरी रात प्रोफेसर का भाव धर कर रहना पड़ा। विदाई होने के बाद ही जाकर मन का बोझ हल्का हुआ।

दुल्हन को विदा कराकर एम्बेसेडर कार से लड़कीवाले के ही खर्च पर, पानी जहाज़ के द्वारा गंगा पार करा कर उस देहात के गांव में उतारा गया। बिजली नहीं, घर में सुख का कोई साधन नहीं, फिर भी दुल्हन के चेहरे पर कोई सिकन नहीं, बल्कि घर के अंदर के मिटटी के बने चूल्हे, डिहरी, घर का खपरैल छत, आंगन का चापाकल और घर के बाहर के पेड़ पौधे, देहाती माहौल उसे पसंद आने लगे थे। यह बात सही लगी की बेटी और पानी जिस वरतन में रखो वैसी शक्ल धारण कर लेती है।

× × × × × × × × × × × ×

शादी के बाद घर में खुशहाली का पदार्पण होने लगा। एक वर्ष के भीतर लड़के की नौकरी बोकारो स्टील प्लांट में लग जाती है।परिवार के अन्य सदस्य भी नियोजित हुए। क्वार्टर मिला, हमसब बोकारो, एक आधुनिक सुसज्जित शहर में रहने लगे। जीवन, आनंद से परिपूर्ण हो रहा था, सिर्फ साढ़े चार वर्ष ही बीते थे कि बिहार प्रशासनिक सेवा में चयनित हुआ। गांव का गंवई छोरा हाकिम बन गया। परिवार में खुशियों की बरसात हुई।

घर के बुजुर्गों ने विशेषकर हमारे दादा जी ने पहले ही बहू का नाम लक्ष्मिनियाँ (मूल नाम रीता) रख दिया था। जिसके पैर मेरे घर में पड़ने से सबकुछ बदल गया।

आज मैं सोफे पर बैठकर फेसबुक देख रहा हूँ, लक्ष्मिनियाँ सामने फर्श पर बिछावन लगाकर, एसी चलाकर, करवटें बदल रही है।अचानक इकतालीस वर्ष पीछे का जीवन नजरों के सामने घूम गया।

मैं सोच रहा हूँ कि क्या सचमुच उस समय की बाला जो आज स्त्री हो गई है, उसके भाग्य ने ही सबकुछ बदल दिया है? इस सारे घटना क्रम में मैं अपने स्वर्गीय ससुर को नमन् करते हुए कह सकता हूँ कि क्या पारखी नज़र थी उनकी कि अपनी पत्नी (हमारी सासु माँ) और अपने पुत्रों के असहमति के बाद भी उन्होंने एक निर्धन, दूरस्थ देहात के परिवार में एक बेरोजगार युवक के हाथों अपनी प्यारी कन्या का कन्यादान कर अपनी बेटी के जीवन के साथ जुआ खेल गए थे। शायद मेरे योग्यता पर या फिर अपनी पुत्री के भाग्य पर (क्यों कि उनकी पुत्री का जन्म धनतेरस के दिन संध्या में हुआ था) उनको पूर्ण भरोसा रहा होगा। वे हरदम हमको अफ़सर बनने की प्रेरणा देने के साथ साथ प्रोत्साहित करते रहे। आवश्यक पुस्तकें पटना से खरीदवाकर मुझे भेजा करते थे।

जब वर्ष 1985 में मैं बिहार प्रशासनिक सेवा में चयनित हुआ तो सबसे पहले मेरे मन में यही ख्याल आया कि "काश! आज मेरे आदरणीय ससुर जिंदा रहते तो कितना खुश होते, अपनी बेटी और मुझे खुश देखकर। मुझे विश्वास है कि वो जहाँ भी होंगे वहां से आशीर्वाद दिये हीं होंगे इसमें कोई शक और सुबहा नहीं।

उस दिन मेरे स्व ससुर जुए की बाज़ी जीत गए थे जिसे उन्होंने छः वर्ष पहले दाव पर लगाया था।

लक्ष्मिनियाँ अभी भी सोई हुई है ए सी की ठंडक में, अगर उठ गई तो यही कहेगी -- दिन भर फेसबुक -- दिनभर फेसबुक के नशा हो गया है और दो चार श्लोक का उच्चारण भी करने से नहीं चुकेगी।

और फेसबुक पर पोस्ट पढकर, इठलाकर बोलेंगी •••• हूँह खाली झूठ मूठ का प्यार देखाते हैं हम सब समझते हैं आप का खेला।जब कसाई के जैसा मुँह बना के गरजते हैं तब नहीं बुझाता है। हेंह हमरे के फुसलावे चलें है।

हम भी जानते हैं कि सै गो बोलता के एगो चुप्पा हारा देगा।

13

एक "सिपाही" जो कृष्ण बनकर लाज़ बचाया

वर्ष 67-68 से 75-76 तक के काल को भले शिक्षण व्यवस्था के लिए "काला युग" हो परंतु छात्रों के लिए "स्वर्ण युग" कहा जा सकता है क्योंकि उस काल में बिना पढ़े परीक्षा पास कर जाने में छात्रों का अटूट विश्वास दृढ़ हो चुका था। इस काल में परीक्षार्थी को परीक्षा पास कराने में अभिभावक, इष्ट मित्रों की भूमिका भी काफी महत्वपूर्ण हो गई थी। परीक्षा उत्तीर्ण होना एक सामुदायिक प्रयास हो गया था। साथ ही साथ कदाचार की परिभाषा में एक बहुत बड़ा बदलाव आया था जिसके तहत डेस्क के उपरकिताब/नोट्स/चीट रखकर नकल करना ही कदाचार माना जाता था। चीट पूर्जा जांघ, चूतड, मोजा नारा इत्यादि में छुपाकर नकल करना कदाचार की श्रेणी में नहीं था।

नकल, चिटिंग, करना एक अद्भुत कला है।

इसमें संयम, सतर्कता, एकाग्रता और धैर्य ऋषि मुनियों के समान होना चाहिए और इसके अतिरिक्त नकल करते वक्त, एक ईमानदारी से परीक्षा देने वाले छात्र के समान अभिनय करने में महारत हासिल होना चाहिए। तभी एक सफल नकलची के जैसा वीक्षक के आँख में धुल झोंका जा सकता है। आइए अब मुख्य मुद्दा पर।

नागमणि नामक एक प्रशासक बिहार विश्वविद्यालय के कुलपति बनाए गए बड़ी जोर का हल्ला हुआ कि अब परीक्षा में चोरी संभव नहीं होगा। लगा कि बिना ट्रेनिंग और हथियार के अब युद्ध लड़ना होगा, एडमिट कार्ड मिल गया था।

डेट फिक्स हो गया था, शरीर में परीक्षा देने का उत्साह खतम हो गया था। अपने ही कॉलेज में सेंटर पड़ा, होम सेंटर, कुछ राहत मिली और मेरा सीट हॉल के पीछला जंगला (खिड़की) के सामने और वह भी हॉल का वह जंगला जो कॉलेज के बाहर चहारदीवारी की तरफ़ खुलता था। सबकुछ मनोनुकूल चल रहा था कई विषय अच्छी तरह बीत चुके थे।

केमेस्ट्री की परीक्षा के दिन सबकुछ ठीक ठाक मनोनुकूल। वीक्षक जो कुर्सी पर बैठकर वीक्षण कार्य करते कभी उँघते कभी जोर से बैठे बैठे बोल देते -"ऐ हल्ला, शांति से" ऐसे वीक्षक अभिभावक समान दयालु और सही इज्जत पाने के हकदार थे। वह वीक्षक जो हॉल के बीच में आगे पीछे हरदम चौकन्ना होकर रहते, उन्हें सभ्य भाषा में विलेन और निर्दयी कहलाते थे कोई कोई उन्हें हरामी के परिभाषा के अंतर्गत मानते थे। खैर!

बीच परीक्षा में ही जोर से आवाज़ आई "उडनदस्ता आ रहा है," यह सूचना परीक्षा केन्द्र पर अग्रिम ही प्राप्त हो गई थी। वीक्षक खड़े होकर सतर्क हो गए, किताब नोट्स चीट पूर्जा बाहर फेंकने के लिए पुरा क्लास सिमटकर खिड़कियों पर आ गया, सब फेंकफांक कर लोग अपने अपने सीट पर बैठने लगे, मैं भी बैठकर पढ़ाकू विधार्थी के जैसा एकाग्र होकर कॉपी में कुछ लिखने की तैयारी कर रहा था तबतक देखा की मेरे सामने डेस्क पर सिर्फ प्रश्न पत्र है लेकिन उत्तर पुस्तिका नहीं है। काठ मार गया, श्वासगति तेज़ और धड़कन बढ गई। नीचे, अगल बगल खोजा, बगल के मित्रों से पूछा कॉपी कहीं नहीं मिली। खिड़की के बाहर भी सिपाही जोर जोर से आवाज़ देकर लोगों को भगाने लगे, अचानक खिड़की पर खड़ा होकर देखा तो बाहर फेंके गए किताबों के ढेर में हमारी उत्तर पुस्तिका दीख गई, खड़े होमगार्ड के सिपाही को आतुर भाव से अनुरोध किया, ए सर हऊ कॉपिया तनि उठाके दे दीं, ना तs हमार जीवन खराब हो जाई।

अधेड़ उम्र के सिपाही ने ससुराल के लोगों को संबोधित करने वाले शब्द से मुझे संबोधन करते हुए कहा कि "कॉपी सम्हारे नईखे होत चलल बाड़े इम्तिहान देवे, बेहूदा कहीं का, कहते हुए मेरी उत्तर पुस्तिका मेरे हाथ में पकड़ा दिया। निश्चिंत। प्रणाम सर बोल दिये।

पूरा क्लास, तूफान के समय जैसे पेड़ पौधों झुक जाते हैं वैसे अपने अपने सीट पर झुक कर उत्तर पुस्तिका में उत्तर लिखने का अभिनय करने में तल्लीन हो गए। कुछ देर बाद फ्लाईंग स्कवायड का दल, मजिस्ट्रेट, बडी गार्ड तथा सिपाहियों का दल क्लास में प्रवेश किया फुर्ती और चौकन्ने नज़र से अद्भुत शांति देखकर भेरीगुड कहते हुए बाहर निकल गए और कुछ ही देर बाद फ्लाइंग स्क्वाड की गाड़ी

कैंपस से बाहर चली गई। सांस में सांस आया। नए सिरे से बाजार पुनः प्रारंभ हुआ जो समाप्ति तक गुलज़ार रहा कुछ समय तनाव में जरूर गुज़रा। परीक्षा समाप्त हुई।

बाहर निकलते ही कैमूल भाई पूछे' का रे कईसा गया है,

आत्मविश्वास से और स्माईली के साथ हम बोले - पाँचो कोश्चन लड गया था।

अनायास ही मेरे गांव के बगल गांव रेवतिथ के जलालुद्दीन कौव्वाल के नाच का ओपनिंग गीत मेरे होठों पर तैरने लगा।

"सभा में द्रौपदी पुकारती है आ जा रे।

ऐ वंशीवाले मेरी लाज़ तू बचा जा रे।।"

ऐसे हम कभी परीक्षा में चोरी ओरी नहीं करते थे, भले ही कोई माने या न माने।

14

परिस्थिति बदलल मिजाजो बदलल

<u>वट सावित्री पर डाक्टर भाईयों को समर्पित</u>

माई, बाबू के साथे थावे के माई के मंदिर में भारा उतराऽत रहे। तले बाबू भहरा के देवले में गिर के छटपटाए लगले। माई हडबडा गईल, रोए लागल। बाबू के छोड़ के काली माई के गोड़ पर गिर के विलाप करे लागल। हमहूं हडबडा गइनी तले एगो श्रद्धालु आके कहलें पसेना से कुरता भीज गईल बाऽ, छाती ध के छटपटा तारे, हार्ट अटैक बुझाता। छोड़ी पूजा पाठ जल्दी लेके अस्पताल भागे के काम बाऽ। बाकि लोग भी समर्थन कईल।

बाबू आई सी यू में भर्ती हो गईले। जब जब डाक्टर लोग आई सी यू से बाहर आवे, माई फट दे ओ लोग के आगे हाथ जोड़ के कहे लागे "रउए लोग भगवान बानि लोग, हमार सोहाग कइसहू बचा दी लोग, चाहे जेतना रूपेआ लागि हम सब जोड़ के दे देब।" आ फेर रोए लागे।

घबडाई लोग मत, बड़ा टाइम पर लेके आ गईनी ह लोग, थोड़ा आउर देर हो जाईत तऽ केश हाथ से बाहर हो जाईत-डाक्टर साहेब कहनी।

माई के शांति मिलल, आउर फेर कहलस रउए हमरा खातिर भगवान बानि।

चार दिन में बाबू आइ सी यू से बहरी आ गईले।

राउंड में सबेरे डाक्टर साहेब चेक कईलन आ कहऽलन "भेरी गुड"।

माई के बुझाईल ना, फेर हडबडाईल आ कहऽलस" फेर कुछ भईल का ए दादा! "भेंडी आ गुड कहलेहन।

माई के जोर से डंटनी - बईठ चुपचाप बाबू निमन होखs ता रे, डाक्टर साहेब अंगरेजी में निमन कहsतानी।

ए डाक्टर साहेब अपने भगवाने जईसन बानि तनि निमन से देखेब। डाक्टर साहेब मुस्काते हुए आगे बढ गए।

चारे दिन में माई के भाषा बदल गईल "रउआ भगवान बानि "से" रउआ भगवाने जईसन बानि" पर उतsर गईल।

तीन दिन बाद बाबू जेनरल वार्ड में आ गईलन, ठीक से खाए पीए लगलन, मन निश्चिंत भईल। दो दिन बाद राउंड के बाद

नर्स आके कहsलस "आज मरीज डिस्चार्ज हो जाएंगे" सबकुछ ठीक है।

जाकर काउंटर पर डिस्चार्ज करा के आईए और इनको घर ले जा सकते हैं।

हम जाके बाबू के डिस्चार्ज कराके अस्पताल से बाहर आ के, टेम्पू के इंतजार करsत रहनी, तले बाबू पूछले,

ए बबुआ केतना रोपेआ लागsल हs।

हम कहनी, पाँच हज़ार।

एतने में माई अचंभित हो के कहsलस

बाप रे बाप! पॉकिट काट लहलेसन, बडका लूटेरा डाक्टर बा। आरे ई तs हमार सब कूल देवता लोग खाड़ रहsल ह कि बढउ बाsच गईलेहन। इ कुछो कईले बाड़ेसन? एको हाप्ता ना भईल पाँच हज़ार टान लहलस।

तबतक बाबू भी माई के बात में बात मिलावे लगsले - आरे, ई सब पहिलही मुए वाला फारम (डी आई) पर दस्तखत करा लेलेसन अउर भगवान भरोसे सब करेलेसन। बाबू, माई के तरफ देख के कहsले - अरे तुहूँ कsम "बट सावित्री" नईखू पूजले नू। उहो बांव नानू जाला। बाबूजी कहिओ माई के बात नईखन कटsले, अईसे माई के बात काटे के कहिओ उनकर हिआव भी ना हो सकsत रहे।

दुनु जाना के बाsत सुनके हमार माथा गरम हो गईल आ कहनी - आरे तहरालोग के ई कहsत में तनको नज़र में लाज बा?

असली निमकहराम बाड़s लोगन भाई, डाक्टर साहेब के गोड़ लागs लो जे जान बाच गईल, ना त ई टनटन बोली आज ना निकsलित। मंदिर में तs गिरs रहsलs, काली माई के आगवा छोड़ देतीं त अभी कुल देवता के लगे पहुंचल रहsत।

माई खिसिआगईल आ कहsलस, रे अभागा, एक धन लूटsवले आ इहे कुभाखा सुने खातिर तोरा के पोसले बानी का रे। एईसन पिगलेट बेटा भगवान सातो मुदई के भी मत दिहs ए भगवान, माई शरsपलस (श्राप)

एतने में टेंपू आगईल, स्टेशन:,स्टेशन:

चिलाए लाऽगल, टेम्पू में बईठ गईनीसन,

बाबू पूछले, केतना भाडा भईल हो।

टेम्पूवाला - बाबा, बीसे रूपया दे देब।

तुहूँ लूटेरे बुझातारऽ का हो, तीन आदमी के इहे तीन किलोमीटर के बीस रूपेआ हो जाई। सगरे लूटे मऽचल बाऽ। धरती पर अब धरम ना बांचि।

सोचने लगा कितना आसानी से लोग डॉक्टर का एहसान भूल जाते है।

मन ही मन सभी डाक्टर, नर्स, स्टाफ़ के हाथ जोड़ के गोड़ लगनी आउर आभार व्यक्त कईनी। आज आप न होते तो आज बाबूजी को हम जिंदा घर नहीं ले जाते होते।

"हैट्स ऑफ टू ऑल डॉक्टर्स।"

15

लौकडाउन

सुनते हैं जी, सोमारी बबुआ, इसलाम बबुआ, उजागर बबुआ सभे आपन आपन सामान बैग में सरिआवता लोग, कहता लोग कि अब एके उपाय है कि गांवे पैदल ही चल चलल जाय। यहां पूछेवाला कोई नहीं मिलेगा इ दिल्ली ह दिल्ली कमाइएगा तबे खाइएगा।मेरी पत्नी रीता ने कहा।

मैंने कहा - बात तो ठीके कहता है सब। हम भी तो यही सोच रहे हैं लेकिन उ लोग के नया बिआह है बाल बच्चा नहीं है। दोनों प्राणी बोलते बतिआवते रास्ता काट लेगा। गोपालगंज एहीजा नहीं न है आ साथे एगो बबुनिओ है उसको भी ले जाना है। सामान भी रहेगा बच्चा भी।

एक एक करके पारापारी गोदी में, कान्धा पर ले लिहल जाई। सोमारी, इसलाम, उजागर ई लोग भी त मरदे मेहरारू साथ ही नू रहेगा लोग। उ लोग भी तनी बबुनी के सम्हार ली लोग - पत्नी बोली

तबतक सोमारी, इसलाम, उजागर मरदे मेहरारू आ गया लोग।

सोमारी - ए भउजी चलऽ लोगन, छोड़ऽ अब दिल्ली के मोह। अब गांवे में खटल जाई।

मैं भी सहमत हो गया। उपाय भी क्या था सभी काम बंद, कबतक खुलेगा कोई ठिकाना नहीं है।

चलते - चलते हम सभी थक जाते हैं झुनिया, मेरी छोटी बेटी, बहुत खुश। कभी मेरे तो कभी अपनी माँ, तो कभी साथ के चाचा-चाची के कंधे पर बैठती और पूछती पापा और केतना दूर है अपना गांव। थकान से उबकर उसको डांट देता हूँ। रास्ते के शिविर में मिले भोजन को हम सब, आधा खाकर बाकि झुनिया के लिए रख लेते हैं ताकि झुनिया भूखी न रहे। बच्चे के भूख के आगे माई बाप का भूख ख़तम हो

जाता है, पहली बार समझ में आया। भविष्य हरदम वर्तमान से महत्वपूर्ण होता है इसलिए भविष्य को जिंदा रखना जरूरी होता है।

कई दिनों से लगातार पैदल चलते चलते सभी थक चुके हैं। खाना भी पर्याप्त नहीं है।

अपने से ज्यादा चिंता झुनिया की होने लगी। सभी के पैरों में फफोले उठते, फूटते, पचकते। असह्य पीड़ा, बेपनाह थकान, भूख की ज्वाला की परेशानी अलग। झुनिया के माँ का दूध भी लगभग सूख चुका है। पेड़ के नीचे धराशायी होकर पड़ चुका हूँ, नींद भी नहीं आती।

गोद में भर लेने के बाद भी थकी हारि झुनिया नींद से जग जाती है और बोलती हैं - पापा भूख लगी है, रोने लगती है। उसे सभी मिलकर झूठी सांत्वना देते हैं। दुख से मैं फूट-फूट कर रो रहा हूँ, सभी भाव विह्वल हैं। समझ में नहीं आता क्या करूँ।

ऐ उठिए! नव बज गया।

आज मालपुआ बनाए हैं, जल्दी जल्दी हाथ मुँह धोईए, गरमे गरम अच्छा लगेगा रोज़ रोज़ बदल बदल के खाना बनाएंगे, लौकडाउन में। पिकनिक होगा ताकि लौकडाउन यादगार बन जाय।

नींद खुल गई। मैं हडबडा कर उठकर बैठ गया। अभी-अभी देखे हुए सपने से डर गया हूँ। मुझे लगा कि जिस संकट का स्वप्न इतना हृदयविदारक है उसका जिसने अनुभव किया होगा, उसपर क्या बीती होगी।

स्वप्न और प्रत्यक्ष में कितना अंतर - एक तरफ भूख की ज्वाला का दर्द और दूसरी तरफ मालपुआ और क्या-क्या। इसका श्रेय किसका हो सकता है?

अवश्य ही मेरे माता-पिता का है, क्योंकि मैं भी एक कारीगर, मजदूर मिस्त्री के परिवार में जन्मा था अगर मेरे माता-पिता ने मुझे स्कूल नहीं भेजा होता और मैंने ईमानदारी पूर्वक विद्या अध्ययन नहीं किया होता तो, आज शायद मैं भी दिल्ली के उन दिहाडी मजदूरों के बीच खोया हुआ होता जो दिल्ली से बिहार का सफ़र पैदल कर रहे थे।

माँ कहती थी "खराब सपना होखे तऽ लोग से बता देला से कऽट जाला।"

इसीलिए मैंने अपना बुरा स्वप्न प्रकट कर दिया।

16

बाबूजी का अकेलापन

बाबूजी अक्सर शांत और गुमसुम रहते हैं सभी उपयुक्त इंतजाम के बावजूद भी। सुबह-सुबह देर तक बिछावन पर लेटे रहते हैं।

आज अचानक बाबूजी ने गांव जाने की जिज्ञासा प्रकट की।

ए बबुआ, तनी घरो दुआर, जर जजाद भी देखे के चाहीं। जन्मभूमि ह तनी गांव जवार के लोग से भेंट-मुलाकातो हो जाई। हमरा के घरे भेज द।

कहाँ जईबs के बनाई खिआई। मैंने सवाल किया।

ऐ मरदे, बनावे खिआवेके कौनौ फिकिर नईखे। विधासागर बो बिया, सोनुआ बा उनकरे बेटा, सब आपने नू हउअन सन उ थोड़े हमरा के छोड़ दिहेसन। हमार बड़ा खिआल करेलेसन। मोबाईल पर तs हरदम पूछते रहेलेसन, "बडका बाबू - आवs ना"।

बडकी माई, नईखी त का भईल,
कौनो दिकदारी ना होई।"

इन बातों में बाबूजी का प्रबल आत्मविश्वास साफ झलक रहा था।

मैंने कहा कि - अभी छुट्टी मिले में दिकदारी बाs। के पहुचाई अकेले कइसे जईबs।

बै मरदे, रेकसा पर चढ़ा दिहs। बस स्टैंड जा के दस बजिआ बसवा धs लेब त तीने घंटा में त दुआरे पर उतार दी। आs सोनूआ भी त घरsही नू बाs। रात बिरात उहो देख ले ला। आ एक आध महीना में फेर त चलिए आएब। सोनुए पहुंचा दी।

घर जाने की प्रबल लालसा देखकर मैंने बाबूजी को घर भेजने का मन बना लिया।

सोचा कि जगह परिवर्तन से थोड़ा मन बहल जाएगा आखिर जनमभूमि है किसको भला जाने का मन नहीं करेगा।

मैंने कहा "त परसों चल जईह"।

बाबूजी के चेहरे पर एक अद्भुत आंतरिक प्रसन्नता का भाव कौंध गया।

तीसरे दिन सुबह उठा सोचा कि बाबूजी को जगा दूँ ताकि तैयार हो जाएँ। उनके कमरे में पहुंचा तो देखकर स्तब्ध हो गया। बाबूजी धोती-कुर्ता बंडी और जाड़े का मंकी टोपी पहने हुए छड़ी बेग सरिआ के बिछावन पर पालथी मारकर तैयार मुद्रा में बैठे हैं। इसके पहले कि हम कुछ कहें, बाबूजी बोले बबुआ बो से कहऽ ना, कुछ पानी पिए के दे देस त पहिलके बसवा पाकडाजाईत। सबेरे के जतरो ठीके रहेला।

मेरी धर्मपत्नी ने तय कार्यक्रम के अनुसार सुबह का नाश्ता लगभग तैयार ही कर दिया था और रास्ता के लिए सतू भरा लिट्टी-दोपहर तथा रात तक चलने लायक अखबार में पैक कर रख दिया था।

बाबूजी को नाश्ता करा दिया और उनका दवाई का डिब्बा और लिट्टी का पैकेट बैग में रखा गया। बाबूजी उठकर खड़े हो गए

घर के लोग चरणस्पर्श करने के लिए अभी आ ही रहे थे तबतक उसके पहले ही आशीर्वाद देने लगे "खूब खुश रहऽलोग, बढ़िया से लइकन के रखिह लोग, दिन - जबाना बिगड़ गइल बाऽ,,अकेले बहरी जाये मत दिहऽलोग"।

बाबूजी का घर जाने का उतावलापन मुखर हो गया था।

मेरे साथ मेरा बेटा बेटी, बाबूजी को मुहल्ले के रिक्शा पड़ाव तक छोड़ने के लिए बाबूजी का बैग झोला लेकर मेरे साथ हो लिए।

रिक्शे पर बाबूजी बैठ गए पैर के पास बैग झोला छड़ी रख दिया गया। बाबूजी के बगल में रिक्शा की आधी सीट खाली थी। जब भी बाबूजी आते थे तो माँ भी साथ आती थी और साथ ही जाती थी।

आज बाबूजी जा रहे हैं और बगल में आधी जगह जहाँ माँ बैठती खाली पड़ा है वहां पैर रखने के जगह माँ का काठ की पेटी (बक्सा) रहता था जो आज नहीं है। मुझे याद आने लगा कि माँ कैसे बाबूजी के बगल में गर्व से बैठती और जाते जाते कहती थी "बबुआ: देखऽ बबुआ बो (मेरी पत्नी) के आ लइकन के डटिह मत। और अपना बटुआ में से रूपिआ निकाल के अपने पोता पोती को देती थी।

आज बाबूजी के बगल में माँ नहीं है।

बाबूजी अकेले जा रहे हैं।

चलते चलते बाबूजी ने मुझसे कहा कि

"बबुआ बो (मेरी पत्नी) के बढ़िया से ईलाज करावत रहिह। मेहरारू (पत्नी) के ना रहला पर बहुत तरह के दिक्कदारी (परेशानी) होला"।

रिक्शा चलने लगा, मेरे बेटे बेटी ने कहा दादा अपना ख्याल रखियेगा और जल्दी चले आइएगा।

मैं बच्चों के साथ वापस अपने आवास पर भारी मन से लौट रहा था अचानक मेरे दिमाग में एक काल्पनिक दृश्य आ गया जो इस प्रकार था-

मैं काफी वृद्ध हो चुका हूँ और मैं भी रिक्शे पर बाबूजी की ही तरह अकेला बैठा हूँ मेरे भी बगल में आधी सीट खाली है, मैं भी गांव जा रहा हूँ, मेरी पोती और मेरा पोता कह रहा है, "दादा जल्दी आ जाइएगा" अपना खयाल रखिएगा।

मैं सहसा डर गया और लगा कि क्या मैं भी बाबूजी के जैसा कभी अकेला हो जाउंगा। और मुझे एहसास हुआ कि जिस काल्पनिक अनुमान ने मुझे इतना डरा दिया, मेरा रोंगटा खड़ा कर दिया तो बाबूजी ने तो अपने वास्तविक विरह को दस वर्षों से अनुभव किया है और सहते आए हैं। मुझे बाबूजी के गुमसुम रहने का मर्म समझ में आ गया था।

मैं अपने ड्राइंग रूम में आ गया हूँ। पत्नी ने मुझे गौर से देखा और उदास देखकर बोली। अरे भई, फिर तो बाबूजी आइए न जाएँगे घर ही तो गए हैं। अच्छा बैठिए अभी ग्रीन टी बनाके लाती हूँ मन फ्रेस हो जाएगा।

नहीं! मैंने उसका झट से हाथ पकड़ लिया और कहा, मेरे पास बैठो।

उसने आश्चर्य से मुझे देखा और पूछा,

क्या हुआ?

मैंने कहा - कुछ नहीं!

तुम्हारा पिछला हेल्थ चेक कब हुआ था?

अगले सप्ताह हम फिर तुम्हें डाक्टर से चेकअप कराएंगे। इतने में पॉकेट में मोबाईल की घंटी बजी, कॉल रिसीव किया फोन पर बाबूजी जी की उत्साहित आवाज़ आई।

बबुआ सीट मिल गइल बा।बस खुल गइल बिया। हमार चिंता मत करिह लोग चहुंप के फोन करेब।

अच्छा, फोन रखऽतानी।

इससे पहले कि हैप्पी जर्नी बोलूं गला रूंधकर बैठ गया, आँखें नम हो गयीं।

पिताजी के खाली सुने पलंग पर नज़र गई, मन और भावुक हो गया। पर बाबूजी को घर जाते वक्त जो खुशी मैंने उनके चेहरे पर देखी थी उसे याद कर मन थोड़ा राहत महसूस किया।

पिताजी अब पचासी बर्ष के हो गए हैं माता पिता में से कम से कम एक तो अभी मेरे पास है। मैं अपने को भाग्यशाली समझता हूँ।

पिताजी अब पचासी बर्ष के हो गए हैं माता पिता में से कम से कम एक तो अभी मेरे पास है। मैं अपने को भाग्यशाली समझता हूँ।

17

महानगर और बेतहाशा पलायन

महानगर अर्थात गगनचुंबी इमारतें, चिकनी सड़कें, चकाचौंध रौशनी,

हमारे हर आवश्यकता की पूर्ति करने के लिए लोग, शहर के सफाईकर्मी, उबर ओला, रिक्शा, ठेले, के चालक, घरों की मेड, जो महानगरों के आकर्षण में चार चाँद लगाते हैं, उनका अचानक महानगरों से मोह भंग हो जाना, सैकड़ों, हजारों मील की दूरी को पैदल नापकर अपने गाँव की ओर प्रस्थान, परिवार बच्चों के साथ करना, देखने में जितना दर्दनाक लगा इससे अनुमान करना कठिन नहीं है कि उनपर क्या गुजरी होगी।

हम इन्हें कई नामों से संबोधित करते हैं जैसे नौकर, दाई, बाई, ड्राइवर, मजदूर मिस्त्री, पेंटर, कुली, मेहतर, दूधवाला सब्जीवाला इत्यादि। अबकी बार की घटना ने शहरों महानगरों को भी अधूरा कर दिया, लोगों का स्वावलंबी बनना एक मजबूरी हो गई क्योंकि उनके घरों में पर्याप्त रहने खाने के इंतजामात थे और इसीलिए हम अपने घरों में बंद होकर "लॉक डाउन" का पालन करते हुए जहाँ हैं वहीं रह गए। इसमें कोई दो राय नहीं हो सकती कि अगर हमसबो के पास भी खाने के मुकम्मल इंतजामात नहीं होते तो हम में से भी कितने अपने महानगरों के आलिशान भवन में टीक नहीं पाते। कम से कम मैं तो नहीं, भले ही पैदल न सही, पर अपनी कार का रूख गांव की तरफ अवश्य ही कर देता।

हमारे महानगरों शहरों के ऐसे लोग जिनपर हम बहुत हद तक आश्रित रहते हैं और उन्हीं से हमारा रोब दाब, शोहरत सामाजिक प्रतिष्ठा प्रकट होती है उनको सामाजिक प्रतिष्ठा दिया जाना चाहिए।

नौकर, बराहिल के बिना "मालिक" भी कोई मालिक होता है?

आएं, हमसब ऐसे लोगों का संबोधन अब एक सम्मानजनक शब्दों से करें जिससे ऐसे लोग अपने संबोधन के कारण हीनता से ग्रसित न हों। अर्थात--

सुविधाप्रदाता/सर्विस प्रोवाइडर से उन्हें संबोधित किया जाय तो शायद उनको भी ये शब्द सम्मानजनक लगे और सामाजिक बुनावट के ताने-बाने को एक नया आयाम मिल सके।

18

राष्ट्रीय बालिका दिवस

अस्पताल के लेवर रूम के सामने

लड़की के माता-पिता, सास ससुर

असामान्य, असहज़ स्थिति में इंतजार

कर रहे थे, सांसें भी कभी-कभी थमने

जैसी लग रही थी। अचानक नर्स हाथ में

सफेद कपड़े में लपेटे एक नवजात शिशु को लेकर आई।

नर्स - कविता के परिवार वाले आ जाईये,

बच्चे को दिखा दूँ।

कविता की माँ-पिता, सास-ससुर झटपट नर्स के चारों ओर घेरकर शिशु को देखने लगे।

कविता की सास ने देखकर कहा बिल्कुल नाक बाप पर है और रंग माँ का है। सबके चेहरे पर मुस्कान तैर रही थी। बच्चे का सभी अंग स्वस्थ और सुडौल था। ससुर ने पूछा वजन कितना है?

नर्स ने जबाब दिया - सर साढ़े तीन किलो।

सब खुशी से एक दूसरे को देख रहे थे लगता था कि खुशी से गले से आवाज़ नहीं निकल पा रही है।

कविता की माँ ने नर्स से पूछा, बेटा, कविता कैसी है?

नर्स - वह भी बिल्कुल ठीक हैं और बच्चे को रोते देख बहुत खुश थीं।

कविता की माँ ने आसमान की ओर देखकर आंखें बंदकर भगवान का शुक्रिया अदा किया। कविता की सास ने अपने पति को कहा कि देखते ही रहोगे या जाकर मिठाई भी लावोगे।

इतने में कविता के ससुर ने कहा कि मिठाई तो मैं पहले से खरीद कर गाड़ी में लेकर रख लिया था।

ससुर ने कहा - नर्स, अब बच्चे को माँ के पास ले जाइए। और कविता का ध्यान रखियेगा।

समधि जी चलिए हमलोग मुंह मीठा किया जाय।

नर्स आवाक होकर कुछ देर इंतजार करके बोली, अंकल एक बात बताईए कि आप सभी किस मिट्टी के बने हो?

कविता ने भी और आप सभी ने भी एकबार भी नहीं जानना चाहा कि यह बच्चा लड़का है या लड़की। आपलोग

महान हो अंकल।

कविता की सास ने नर्स को कहा

जो भी हो, हमारे लिए भगवान

का दिया हुआ अनुपम उपहार है, हमारी अगली पीढ़ी है, वारिस है। हम इसे माली की तरह सींचेंगें।

नर्स की आँखों से झर झर आंसू बहने लगे

उसे वह दिन याद आ रहा था जब वह अपने माता-पिता की तीसरी लड़की के रूप में जन्म ली थी तो उसके माँ को कितने ताने सुनने को मिले थे परंतु माँ पिता ने बिना समाज के ताने की परवाह किए उसे और उसकी अन्य दोनों बहनों को पढ़ा लिखाकरअपने पैरों पर खड़ा होने लायक बना दिया था और आज वह हेड नर्स बनकर जच्चा-बच्चा की सेवा कर रही है। आज उसे अपने माँ बाप और अपने पर गर्व हो रहा था और उसके मन में कविता तथा उसके सास ससुर और माता-पिता के विषय में परम आदर का भाव उत्पन्न हो रहा था।

नर्स बच्चे को लेकर अंदर चली गयी

और बाहर शिशु के दादा-दादी और नाना-नानी एक दूसरे से गले लग रहे थे और मिठाईयों का आनंद ले रहे थे मोबाईल पर सगे संबंधियों के आ रहे लगातार मुबारकबाद और बधाइयाँ स्वीकार कर रहे थे।

एक नया बिहान,

बेटा बेटी एक समान।

बेटियों की उड़ान से,

ही उन्नत परिवार की पहचान।

19

फादर्स-डे पर पिता को ख़त

पूज्य पिता जी,

चरणस्पर्श

लगभग चार वर्ष के उम्र में मैं माँ से अलग हुआ, मुझे पढ़ाने के उद्देश्य से आपने मुझे अपने पहली पोस्टिंग स्थान मीरगंज खादी ग्रामोद्योग में अपने साथ रखा।

आपने पिता के साथ माँ के रूप में भी हमारी देखभाल की। मुझे याद है जब घर से पाँच किलोमीटर दूर सिधवलिया स्टेशन रेलगाड़ी पकड़ने या फिर घर आने के समय स्टेशन से पैदल चलकर रास्ते मे थकता था तो आप अपने कंधे पर लेकर चलते थे, इतना तो मैंने भी अपने पुत्र को कभी इतना सुख नहीं दिया है। आप मुझसे अधिक सफ़ल पिता रहे हैं। आप के कंधे की सवारी का सुख आज बहुत याद आ रहा है।

इस प्रकार गोपालगंज खादी भंडार में तबादले के बाद आपने-अपने साथ रखा।

वही से मैंने मिडिल क्लास की बोर्ड परीक्षा पास की। फिर आपका तबादला मढौरा हुआ और आठवां क्लास से मैट्रिक की परीक्षा मढौरा हाई स्कूल से वर्ष 1970 में पास कर, पुनः गोपालगंज कॉलेज में नामांकन लेकर, अपने मामा घर पैठानपट्टी रहकर गणित में आनर्स करके अपनी शिक्षा पूर्ण की। मेरे जीवन में मेरे मामा-मामी, नाना-नानी का भी बहुत मत्वपूर्ण योगदान रहा है, शायद ममहर गोपालगंज के निकट अगर नहीं रहता तो मेरे जीवन की गाथा कुछ अलग हो गई होती क्योंकि फिर मैं खानदान का पहला ग्रेजुएट नहीं बन पाता कारण की अन्यत्र

पढ़ने की आर्थिक परिस्थिति नहीं थी, राजनैतिक षड्यंत्र में आपकी नौकरी चली गई थी। आपके साथ का पहला क्लास से मैट्रिक तक के काल ने ही एक मजबूत आधार बनाया। अधिकांश जीवन माँ से अलग ही व्यतीत हुआ। मुझे माँ से वह विरह और मिलन के सभी क्षण याद हैं जबकि माँ घर से मुझे विदा करते वक्त और घर आने पर मुझे अपने गोद में लेकर रोती थी और मैं भी। इस प्रकार आपने अपने संरक्षण में मुझे पिता के साथ साथ माँ का भी बखूबी फ़र्ज निभाया है। आपका संरक्षण मेरे लिए अविस्मरणीय है।

आज आपके समक्ष बैठकर आपको ही ख़त लिख रहा हूँ, उद्गार का प्रकटीकरण मन को शांति दे रहा है। आपका साथ अभी भी है और आपका साया और आशीर्वाद भी।

अंतर सिर्फ इतना है कि पहले मैं आपके संरक्षण में था और आज आप मेरे संरक्षण में हैं। जीवन का पासा ऐसे ही बदलता है। पितृ ऋण से मुक्त होने का प्रयत्न करता हूँ।

एक सप्ताह पहले आपकी असमर्थता में मैंने आपको पहली बार स्नान कराया, तो आपने मेरे बच्चों और पत्नी से मेरे परोक्ष में कहा था कि "बबुआ के पोसल आज सवारथ हो गईल" एक दिन के सेवा में ही आप परिपूर्ण हो गए, यही पिता होता है।

यू आर माई ग्रेट फ़ादर ऑफ 86 ईयर्स

असंख्य नमन

आपके शतकीय जीवन की ईश्वर से

प्रार्थना करता हूँ।

एक भाग्यशाली पिता का प्यारा भाग्यशाली एकमात्र पुत्र,

मदहोश दानापुरी

20

सिर्फ तुम

<u>कोविड संक्रमण काल में सभी पति पत्नी को समर्पित</u>

तुम जब मेरे जीवन-बंधन में बंधी तो मैं यह दावे के साथ कह सकता हूँ कि मैं तुम्हारी पहली पसंद था क्योंकि पसंद बनाने की भी एक न्यूनतम उम्र होती हैं और तुम उस उम्र में प्रवेश करने के पूर्व ही मेरे जीवन में प्रवेश कर गई थी। हां, लेकिन इतना जरूर कहूँगा कि तुम्हारे पहले भी मेरे कई पसंद सृजित हुए थे परंतु यह पता नहीं चल सका था कि जिन जिन को पसंद किया था वो मुझे पसंद करते थे या नहीं। एकतरफा पसंद भी कोई पसंद थोड़े ही होता है। यह जब दो तरफा हो तभी तो मुकम्मल होगा न।

खैर! जो भी हो आज विश्वास के साथ कह सकता हूँ कि तुम मेरी पहली पसंद बन चुकी हो बल्कि ज्यादा उपयुक्त तो यह मानना होगा कि तुम ही ने अपने प्यार स्नेह सेवा से तूने अपने को मेरी पहली पसंद बना दिया अर्थात दो तरफा यानि एक मुकम्मल पसंद।

मुझे तुम्हारे प्यार से ज्यादा तुम्हारा तकरार पसंद है। तक़रार न हो तो फिर रूठे कौन और मनाये कौन। तक़रार ही तो प्यार को प्रगाढ़ बनाता है परस्पर क्षमा करने की शक्ति पैदा करता है। मेरा, तुम्हें उकसाना, फिर तुम्हारा चिल्लाना, घर को सर पर उठाना, झूठा श्राप देना, कठोर वचन बोलना, दुबारा नहीं बात करने की कसमे खाना, कभी कभार अप्रिय शब्दों से मेरा संबोधन करना, सब एक मनोहारी छवि प्रस्तुत करता है। अंततः सारे क्रोध को तुम्हारे आंखों से प्रवाहित होते देखते ही एक तड़प महसूस करना, फिर तुम्हारे पास जाना, तुम्हें मनाना और तुम्हारे द्वारा, नहीं मानने का झूठा अभिनय करना, मेरे सॉरी कहने पर अंदर अंदर ही गर्व से इठलाना, फिर तुम बिना श्रृंगार के ही संसार की अनुपम सुंदरी दिखने लगती

हो। ऐसे भी तुम्हें कृत्रिम श्रृंगार पसंद नहीं है इसीलिए मैं जब कभी कहीं बाहर गया हूँ तो कभी भी चूड़ियां, बिंदी, सौंदर्य प्रसाधन का कोई सामान उपहार के रूप में तुम्हारे लिए नहीं लाया हूँ और तुमने कभी मुझसे ऐसी अपेक्षा भी नहीं की। तुमने अपने आचरण से मेरे मन में कब का संदेश दे दिया था कि "मैं" ही तुम्हारे लिए भगवान का दिया हुआ अनुपम और सर्वोत्कृष्ट उपहार हूँ।

मालूम है तुमको कि मुझे तुम्हारी तक्रार ही क्यों पसंद है? ताकि तुम अपना भरपूर प्यार घर के अन्य सभी सदस्यों और सगे संबंधियों पर न्योछावर कर सको। तुमने आजतक ऐसा किया भी है। कोई भी मेरा सगा संबंधी ऐसा नहीं है जो तुम्हारे प्यार और स्नेह से सिंचित न हुआ हो। घर के बाहर की मेरी छवि को चार चाँद लगाने का श्रेय सिर्फ तुमको ही तो जाता है इसमें मेरा कोई योगदान नहीं। जब बाहर में सगे संबंधियों से तुम्हारी तारीफ सुनता हूँ तो मुझे ऐसा लगता है कि तुम्हारा व्यक्तित्व हमारे व्यक्तित्व से कई गुणा अधिक ऊँचा है। सबों की पहली पसंद कोई यूँ ही थोड़े बन जाता है।

तुम्हारा किचेन अद्भुत है कौन सा ऐसा व्यंजन है जिसका रसास्वादन तूने हमसबों को नहीं कराया है वह भी पल झपकते ही।आगंतुकों ने भी इसका भरपूर आनंद उठाया है।

आज कोविड के संक्रमण काल में मैं घर में हरदम साथ हूँ तुम्हारे हर आदेश निदेश का पालन कर रहा हूँ थोड़ी बहुत आपत्ति के साथ। घर के बाहर वगैर मास्क नहीं जाने, सेनिटाईजर साथ में रखने, सावधानियां/दुरियां रखने की, भीड़-भाड़ में नहीं जाने की सख्त हिदायतें, बार-बार हाथ धोने की तुम्हारी सलाह और उसका सख्ती से पालन कराना, तुम्हारे विषय में बहुत कुछ कह जाया करता है। समय पर दवा खाता हूँ, टहलता हूँ व्यायाम भी करता हूँ, नहीं करने पर तुम्हारी डांट भी सुनता हूँ। शायद तुम्हें लगता होगा कि मैं तुम्हारी डांट से तथा कोरोना से डर गया हूँ। नहीं, ऐसा बिल्कुल नहीं है। मुझे कोरोना से उतना डर नहीं है जितना कि तुमसे अलग होने का डर, तुम्हें अकेले छोड़ जाने का डर।

मेरा स्वस्थ रहना, तुम्हें साथ देने के लिए, सहयोग देने के लिए, एक अपरिहार्य आवश्यकता है ऐसा ही मैं सोचने लगा हूँ।

मुझे स्वस्थ रहना है तुम्हारे लिए, तुम से तक्रार करने के लिए, रार करने के लिए, तुम्हारे लिए। तुम हमारे जीवन की निरंतरता को बनाये रखने की अनमोल प्रेरणा और अभिप्राय हो। सदा सहाय रही हो, सदा सहाय रहना, यही तुमसे मेरी अपेक्षा है। जैसे सभी संकट टल गए, यह भी टल ही जाएगा। फिर वही राग, वही दिनचर्या, वही रफ्तार वापस आएगी।

शायद मेरी पसंद तुम्हें अब समझ में आ गया होगा कि तेरे साथ से अधिक कोई भी वस्तु मुझे प्रिय नहीं हो सकती।

और नापसंद की जहाँ तक बात है तो तेरी आंखों में आंसू बिल्कुल अच्छे नहीं लगते, फिर भी कभी-कभी आंसू आने भी चाहिए इससे हृदय को पिघलने में मदद मिलती है मगर इसको अधिकांश वक्त में जब्त ही रखने की कोशिश करना। मुस्कान देने की गारंटी मैं लेता हूँ।

एक बात मुझे आजतक समझ में नहीं आयी कि तुम्हारी पसंद क्या है? न कभी आभूषण का लगाव, न महंगे वस्त्रों का, न रूपये पैसों का।

तुम्हारे साथ कई देशों के सुन्दर सुन्दर जगहों का भ्रमण किया हूँ वहां भी तुम्हें अपने लिए कुछ पसंद नहीं आया था। वह विदेश यात्रा मुझे इसलिए पसंद आया था कि वहां तुम्हें हरदम बहुत खुश, आनंदित, और मुस्कुराते हुए देखा था। हां, एक बात जरूर है कि वहां एक बात की कमी अवश्य रह गई कि यात्रा इतनी व्यस्त रही कि तकरार के लिए वक्त ही नहीं मिल पाया (हा हा हा) रूठने मनाने की नौबत ही नहीं आई। तुम्हारी खुशी ने ही तो उस विदेश यात्रा को अविस्मरणीय बना दिया है।

चिल्लाना भी जोर-जोर से और हंसना भी गला फाड़-फाड़ कर कि पड़ोसी भी अक्सर अचंभित हो जाते।

अब यह स्पष्ट हो चुका ही होगा कि

"मुझे सिर्फ तुम और तुम ही पसंद हो"

"तुम्हें सिर्फ मैं और मैं ही पसंद हूँ"

और तुम्हारी खुशी के लिए मुझे एक स्वस्थ जीवन जीना बहुत जरूरी है।

(परिवार से अगर प्यार है तो अपने को भी सुरक्षित रखिए और दूसरों को भी)